SYSTEM
FEHLER

Luca Rossi

Kurzes Vorwort

Hiermit lege ich mein Erstlingswerk vor, welches unter einem Pseudonym erscheint.

Zum Schutz von lebenden Persönlichkeiten und von in der Schweiz tätigen Firmen und Organisationen wurden weitgehend fiktive Namen verwendet.
Dennoch können – im Sinne einer realistischen Darstellung – Parallelen zu realen Personen und Firmen nicht ausgeschlossen werden. Weil aber Computerviren prinzipiell alle Computer auf der ganzen Welt befallen können, geht es keinesfalls darum, einzelne Firmen negativ oder gar rufschädigend darzustellen.

Es handelt sich um ein realistisches Szenario, welches in ähnlicher Weise irgendwo auf der Welt eintreffen könnte. Allerdings ist die Server-Landschaft in Großkonzernen komplexer und vielfältiger als in diesem Buch dargestellt.

Ich stehe in keinerlei direkter Verbindung zu den in diesem Roman erwähnten oder angedeuteten Firmen und Organisationen. Das Wissen über ihre Arbeitsweise ist im Netz verfügbar.

Die verwendeten Fachbegriffe und Abkürzungen sind im Glossar am Schluss des Buches aufgeführt.

Ich wünsche Ihnen eine anregende Lektüre.

Aarau, im April 2018
D. C.

Wenn Sie gerne mit mir in Verbindung treten möchten, können Sie dies über die E-Mail-Adresse sysfehler@gmx.net tun.

Bibliografische Information der Deutschen Nationalbibliothek:
Die Deutsche Nationalbibliothek verzeichnet diese Publikation
in der Deutschen Nationalbibliografie; detaillierte bibliografische
Daten sind im Internet über http://dnb.dnb.de abrufbar.

© 2018 Luca Rossi
Herstellung und Verlag:
BoD – Books on Demand, Norderstedt

ISBN: 978-3-7528-3054-5

23. Dezember, 00:30 Uhr (US Eastern Time)

C: final tests started, go to encrypted UDP link
Follower R: ok
Follower S: ok, ready for link
Follower G: ok, got it
Follower B: ok
C: next contact 23:00 UTC.

23. Dezember, Vormittag

23. Dezember, 10:10 Uhr, Basel

Der Tag hatte für Pia gut angefangen. Am Vorabend hatte sie noch lange an der Präsentation gearbeitet. Dann war sie rasch in einen tiefen Schlaf gefallen. Bevor der Wecker um sechs Uhr losging, wachte sie von selber auf. Sie duschte ausgiebig und trank ihren Morgenkaffee. Im aufgeklappten Notebook schaute sie ohne großes Interesse ein paar Morgen-Schlagzeilen an. Sie hütete sich, an der Präsentation noch etwas zu feilen, sondern prüfte sie nur nochmals auf Orthografiefehler.

Um halb neun traf sie am Hauptsitz von Koch Pharma in Basel ein. Durch kontinuierliche Forschungstätigkeit und Zukauf von hochspezialisierten Unternehmen war Koch seit den 1990er-Jahren stark gewachsen und zu einem globalen Player geworden.

In der Cafeteria traf sie Jennifer, welche mit ihr seit sechs Wochen an diesem Market-Research-Projekt gearbeitet hatte. Pia war erst seit einigen Monaten bei Koch angestellt, war aber rasch mit wichtigen Aufgaben in internationalen Teams betraut worden. Jennifer war vor zwei Tagen aus Orlando angereist, damit sie sich in Basel nochmals für diese wichtige Präsentation, wo auch Mitglieder der erweiterten Geschäftsleitung teilnehmen würden, miteinander abstimmen konnten. Pia und Jennifer verstanden einander gut und waren entschlossen, auch nach Abschluss des Projekts in Kontakt zu bleiben. Pia lud die Präsentation ins Dokumentensystem, das von überall her zugänglich war und löschte ihre Version auf dem Desktop.

Um 9:40 Uhr betraten sie das große Sitzungszimmer im 15. Stock, um sich einzurichten und die letzten Vorbereitungen zu treffen.

Wenige Minuten vor 10 Uhr trafen die Teilnehmer ein. Die meisten waren miteinander ins Gespräch vertieft und begrüßten Pia und Jennifer mit einem lockeren Kopfnicken.

Kurz nach 10 Uhr eröffnete Dr. Philipp Meyer, der Leiter Market Research, die Besprechung und stellte die Anwesenden kurz vor:

Prof. Dr. Josef Klammer, der strategische Berater der Geschäftsleitung, André Chervais, der stellvertretende Leiter Forschung und Entwicklung, Dr. Patricia Valli, die Leiterin des Marketings und M. Sc. Stefan Haller, der Stellvertreter von Dr. Meyer.

Pia erhob sich und blickte in die Runde. Natürlich war sie nervös, und doch fühlte sie die Stärke ihrer Erfahrung in sich und war sich bewusst, dass sie zusammen mit Jennifer seit zwei Wochen minutiös auf diesen Moment hingearbeitet hatte. „Geschätzte Damen und Herren, ich freue mich, Ihnen heute die Ergebnisse unseres Market-Research-Projekts im Bereich Onkologie vorstellen zu dürfen. Mein Name ist Pia Barcelli, rechts von mir ist Jennifer Rockwell aus Orlando, welche mich laufend unterstützt hat. Es geht um die Forschungsaktivitäten für neue Therapieansätze zur Behandlung des malignen Lymphoms, welche vor allem von Pfizer, aber auch von Glaxo Smithkline und von Novartis vorangetrieben werden. Als erstes gebe ich Ihnen einen Überblick über die Aktivitäten von Pfizer und zeige, welche neuen Substanzen bereits in der klinischen Erprobung stehen und welche für die nächsten Monate für diese vorgesehen sind. Außerdem erläutere ich ihnen die Möglichkeiten, welche sich mit der Übernahme von GeniX Mitte dieses Jahres für Pfizer eröffnet haben." Sie blickte nochmals in die Runde, um sich zu vergewissern, dass sie die Aufmerksamkeit hatte.

Der Projektor würde in wenigen Sekunden aus dem Mute-Modus auf die volle Lichtstärke hochfahren. Zuerst wollte sie aber die Präsentation auf ihrem Notebook öffnen. Sie klickte den Eintrag im Dokumentenmanagementsystem an und nichts geschah. Sie klickte nochmals und wieder rührte sich nichts. Dafür poppten rechts unten einige Fehlermeldungen auf. Pia fühlte, wie ihr der Schweiß ausbrach und wie sich ihr Hals mit einer Röte überzog. Sie blickte hilfesuchend zu ihrer Kollegin, welche die Situation blitzschnell erfasste. Jennifer zog einen USB-Stick aus ihrer Handtasche, worauf sie jeden Abend eine Sicherungskopie des aktuellen Standes gemacht hatte. Diesen steckte sie in das Notebook von Pia, worauf sich sofort ein Fenster mit dem Inhalt des Sticks öffnete. Sie startete die Präsentation und

3

ging in den Präsentationsmodus. Das alles hatte nur wenige Sekunden gedauert.

Pia atmete tief durch und begann ihren Vortrag. Nach 20 Minuten ergänzte Jennifer wie abgemacht auf Englisch einige spezifische Eigenschaften des US-Pharma-Marktes und der Versicherungsleistungen bei diesen Erkrankungen, welche für Pfizer exzellente Möglichkeiten boten, ganz neue, aber auch sehr teure Therapiemöglichkeiten anzubieten. Danach gab Pia einen Überblick über die Aktivitäten von Glaxo Smithkline und Novartis. Um 10:45 Uhr war die Präsentation wie geplant zu Ende. Die Zuhörer machten einen sehr interessierten Eindruck, stellten aber nur wenige Fragen.

Dr. Meyer erhob sich, dankte Pia und Jennifer für den interessanten Vortrag und den Zuhörern für ihre Teilnahme und ihr Interesse. Nach wenigen Minuten hatten alle bis auf Meyer, Haller, Pia und Jennifer den Raum verlassen.

Meyer reichte Pia die Hand und sah ihr in die Augen: „Frau Barcelli, Sie haben das zusammen mit Frau Rockwell sehr gut vorbereitet und durchgeführt. Ich bin stolz auf Ihre Arbeit. Ich werde Ihnen beiden einige Anmerkungen per Mail zukommen lassen, aber ich bin im Wesentlichen zufrieden. Falls wir uns nicht mehr sehen sollten, wünsche ich Ihnen schöne Weihnachten und eine angenehme Zeit. – And to you, Miss Rockwell, thanks a lot for your excellent contributions. Have a good flight back and Merry Christmas."

Der kurze Moment der Anspannung war schon beinahe vergessen. Pia und Jennifer blickten einander erleichtert und dankbar an und umarmten sich spontan. Sie hatten mehrere Wochen intensiv zusammengearbeitet, sehr viele Dokumente gelesen und analysiert und sich fast täglich per Videokonferenz abgeglichen. Nun hatten sie es geschafft.

Beide verspürten einen leichten Hunger. Sie gingen ins Personalrestaurant, wo sie sich einen Salatteller und nachher einen Kaffee und einige Kekse gönnten. Der Flug von Jennifer war etwa um zwei Uhr ab Basel-Mulhouse via Frankfurt. Da es für sie keine Arbeit mehr zu tun gab, beschlossen sie, zusammen noch einen kleinen Stadtbummel in Basel zu machen. Etwa um halb eins würde Jennifer dann ein Taxi oder den Bus zum Euroairport Basel-Mulhouse nehmen.

Am Abend vorher: 22:30 Uhr (US Pacific time), US Westküste

Die Arbeit war getan. Es war eigentlich leicht gewesen. Natürlich gab es definierte Abläufe und Kontrollen. Aber einige der Vorgesetzten waren bereits im Urlaub, und den wenigen Kollegen, die am Abend noch im Büro waren, hatte er versichert, dass er die restliche Arbeit gut alleine bewältigen konnte. Obwohl er erst ein halbes Jahr hier arbeitete, hatten sie ihm vertraut. Er war viel älter als sie und strahlte Autorität aus. Erleichtert waren sie nach Hause gegangen. Er hatte die Software geladen und alle Kontrollwerte neu berechnen lassen, welche bei der Verteilung und beim Download automatisch überprüft werden würden.

Er dachte ruhig nach, ob alles erledigt war. Er meldete sich mit dem gestohlenen Passwort noch einmal im System an und machte einen Eintrag, dass alle Überprüfungen stattgefunden hatten und erfolgreich gewesen waren. Nun ließ er ein Programm laufen, das seine Spuren im System verwischte. Niemand würde seinen Namen bei den protokollierten Aktivitäten finden. Dann meldete er sich ab.

Er war zufrieden. Nun konnte auch er nach Hause gehen und ruhig schlafen. Er hatte ein gutes Gewissen. Die Geschichte würde ihm recht geben.

23. Dezember, Nachmittag

23. Dezember, 17:00 Uhr, bei Baden (Zürich-West)

Kurz nach fünf Uhr traf Pia Barcelli in der Wohnung in der Nähe von Baden ein, welche sie mit ihrem Verlobten Roger Keller seit fünf Monaten bewohnte. Sie hatten vor, Ende März in Baden zu heiraten. Als Pia die Tür öffnete, hörte sie die Dusche laufen. Also war Roger bereits zu Hause. Seine Arbeitszeiten waren sehr unregelmäßig, und manchmal hatte er Pikett-Einsätze im Notfall-Team der Großbank, wo er arbeitete. Roger sang unter der Dusche und schien gut gelaunt zu sein. Pia schaltete die Espresso-Maschine ein, um für sich und Roger einen Kaffee bereit zu haben. Sie hörte, wie sich Roger abtrocknete und seine Haare kurz föhnte. Sie rief: „Hallo, ich bin da!", worauf Roger mit einem undeutlichen Laut antwortete. Pia stellte zwei Espressotassen in die Maschine und startete das Aufbrühen des Kaffees. Roger hatte seinen Morgenmantel übergeworfen und kam schlurfend ins Wohnzimmer. Er hauchte Pia einen Kuss auf die Wange und frage sie, wie ihr Tag gewesen war. Er schien aber noch in Gedanken versunken zu sein.

Pia wartete, bis er sich gesetzt hatte und stellte seine Espresso-Tasse vor ihn hin. Sie blickte ihm in die Augen, um sicherzustellen, dass er nun da war. „Weißt du, die Präsentation ist super gelaufen, aber ich hatte einen Schreckensmoment durchzustehen. Ich konnte sie von meinem Notebook aus nicht mehr öffnen. Zum Glück hat Jennifer sofort reagiert und ihren Stick mit einer Sicherungskopie eingesteckt. Das hat dann problemlos funktioniert." Roger nickte. Pia blickte ihn aufmerksam an: „Und wie war's bei dir?" – „Ach, soweit alles gut. Wir haben noch einige Tests für das Weihnachts-Update gemacht, und wahrscheinlich kommen noch ein paar Security-Updates rein. Du weißt ja, dass über die Feiertage immer ziemlich viel Betrieb ist im Netz. Es wird befürchtet, dass über russische oder chinesische Server wieder Denial-of-Service-Attacken kommen. Aber das ist ja nichts Neues. Sorgen macht uns auch die Erpresser-Malware, die in letzter Zeit wieder stärker aufgekommen ist. Aber jetzt bin ich entspannt und freue mich auf heute Abend."

Pia hatte schon am Mittag nach einem WhatsApp-Austausch mit Roger einen Tisch in der nahegelegenen Pizzeria reserviert, damit sie gemeinsam einen gemütlichen Vorweihnachtsabend genießen konnten. Am 24. waren sie bei Pias Eltern in Zürich eingeladen, und am 25. wollten sie die Eltern von Roger besuchen, welche nur wenige Kilometer nördlich von Baden wohnten. Auch der Bruder und die Schwester von Roger würden dabei sein.

Da sie noch Zeit hatten, schob Pia ihr Notebook zu Roger und bat ihn, sich die Sache mal anzusehen. Die WLAN-Verbindung und die verschlüsselte Verbindung zum Firmen-Netzwerk war bereits aktiv. Roger startete die Fehler-Protokolle und runzelte die Stirne. „Seit etwa zehn Uhr morgens waren nahezu alle Netzwerk-Verbindungen blockiert. Deshalb bist du nicht mehr aufs interne Netz gekommen. Du hast ja wohl die Präsentation ins Dokumentensystem kopiert."

Pia nickte. Roger murmelte: „Und hier zeigt es eine Meldung über ein Update auf dem Server mit dem Dokumentensystem an. Möglicherweise wurde es nicht richtig installiert." Er betrachtete aufmerksam das Ereignis-Protokoll. Schließlich kopierte er einen Eintrag auf den Desktop. „Ich schau mir das morgen nochmals an. Lass uns jetzt dann gehen, ich muss mich noch anziehen."

23. Dezember, Abend

23. Dezember, 19:10 Uhr, Baden

Sie hatten gerade den großen Salatteller bewältigt und den Wein gekostet, als bereits die Pizza auf einem Holzbrett gereicht wurde. Mit gutem Appetit gingen beide mit dem scharfen Messer auf die Pizza los, als Rogers Smartphone zu vibrieren begann. Etwas ärgerlich blickte er auf die Anzeige, worauf er den Namen seines Chefs sah. Seufzend hielt er das Handy ans Ohr. „Hallo Karl!" Er lauschte eine Weile, wobei sich Falten auf seiner Stirn bildeten. „*Was* habt ihr gemacht?" Wieder lauschte er einige Sekunden. „Aber du weißt, dass ich heute im Ausgang bin und morgen gehen wir auf Besuch." Sein Gesicht verfinsterte sich etwas. „Also, wenn es nicht anders geht. Aber ich werde kaum vor acht bei euch sein. Ciao".

Er legte das Handy wieder auf den Tisch und sagte: „Die machen ein Riesen-Chaos wegen irgendeines Updates. Und jetzt trommeln sie die Leute wieder zusammen, die sich eigentlich schon für den überfälligen Urlaub abgemeldet haben. So ein Mist, ich habe mich wirklich auf den Abend mit dir gefreut." Zuerst wollte auch Pia aufbegehren, aber nach kurzem Nachdenken legte sie ihre warme Hand auf seinen Arm und sagte: „Versuch es halt so zu nehmen wie es ist. Vielleicht hast du jetzt noch ein paar Stunden Arbeit, aber morgen kannst du ausschlafen und dann wollen wir den Tag mit meinen Eltern genießen." Roger hatte sich bereits wieder beruhigt. Seine Arbeit war oft mit Stress verbunden, aber er erhielt von der Bank einen guten Lohn, auch die Atmosphäre im Team war sehr kollegial. Sein Chef, Karl Müller, ermöglichte ihnen neben wichtigen Weiterbildungen den Besuch von sogenannten Hacker-Days überall auf der Welt. Roger hatte bereits den Fahrplan auf seinem Handy geöffnet und suchte die nächste Verbindung ab Baden. An diesem Abend, wo so viele Leute unterwegs waren, wollte er nicht mehr mit dem Auto nach Zürich fahren. Er guckte auf die Uhr. „Mein Zug fährt kurz nach halb acht. Das heißt, ich muss in ein paar Minuten aufbrechen."

Rasch nahm er noch ein paar Bissen von der schmackhaften Pizza. Mit vollem Mund murmelte er: „Tut mir leid für dich. Genieß den Abend trotzdem und schau dir noch einen schönen Film an. Ich melde mich dann. Ciao." Bereits stand er auf, küsste sie auf die Stirn und ging mit raschen Schritten zur Garderobe.

Der Bahnhof Baden war nur wenige Minuten von der Pizzeria entfernt, aber die Straßen und Gehwege waren bereits mit einer dünnen Eisschicht überzogen.

23. Dezember, 20:10 Uhr, Zürich Nord

Mit der S-Bahn erreichte man schnell das technische Betriebsgebäude der Großbank UCS im Norden von Zürich. Roger eilte durch die kalte, sternenklare Nacht. Mit seiner Firmenkarte öffnete er den Durchgang durch die äußere Tür und durch die Drehtür, welche nur von einer Person passiert werden konnte. Er nahm den Lift ins zweite Untergeschoss, wo sich das Kontrollzentrum über die meisten Netzwerke und Server der großen Bank mit ihren weltweit aktiven Niederlassungen befand. Dort hatten sich etwa fünf Leute vom Update-Team versammelt, welche Roger alle gut kannte, sowie sein Chef und drei weitere Security-Spezialisten. Sie waren in eine rege Diskussion vertieft. Roger nahm an, dass seine Kollegen bereits einige Zeit hier waren. Mindestens einer würde sowieso bis am späten Abend hierbleiben, bevor die Überwachungssysteme auf Automatik geschaltet wurden und nur noch die wichtigsten Meldungen auf ihre Handys senden würden. Zwar konnten sie sich auch von Zuhause mit den Überwachungssystemen verbinden oder in die Netzwerk-Struktur eingreifen, aber aus Sicherheitsgründen durften sie das nur in wenigen, genau definierten Spezialfällen machen. Für die meisten Vorgänge galt das Vier-Augen-Prinzip, auch wenn dieses in der Realität nicht immer eingehalten wurde. Die Security-Leute waren ein gut eingespieltes Team und wurden bei ihrer Einstellung auf Herz und Nieren geprüft. Sie mussten äußerst zuverlässig und zugleich verschwiegen sein. Einige von ihnen hatten zuvor ein paar Monate beim Militär eine Weiterbildung absolviert und dabei die zweithöchste Geheimhaltungsstufe erreicht.

Karl Müller erhob sich und blickte sich um. Die meisten Kollegen hatten mittlerweile Platz genommen, lehnten sich gegen einen Schreibtisch oder Wandschrank. Müller begann mit seiner wohlklingenden Bariton-Stimme: „Wie bereits kurz erklärt: Wir haben das Update um 17:20 Uhr auf dem Testsystem eingespielt. Weil es gemäß Hersteller wichtige Abwehrmaßnahmen gegen neue Malware enthält, habe ich Rücksprache mit dem CIO genommen und um 18:40 Uhr beschlossen, direkt auf die Produktion zu gehen. …" Nun räusperte sich Roger und sagte ein bisschen forsch: „Du hast ein 15A gemacht?" Obwohl Müller seit vielen Jahren in dieser Funktion arbeitete, hatte er das Gefühl, sich vor dem jungen Mitarbeiter verteidigen zu müssen. Er schwieg einen Moment und blickte Roger durchdringend an. „Paragraph 15A des Handbuchs gibt vor, dass bei wichtigen Security-Updates von Fall zu Fall beurteilt wird, innert welcher Frist sie auf die produktiven Systeme gebracht werden. Du weißt genau, dass das Integrationssystem bis mindestens Morgen Mittag durch die Updates der verschiedenen Wertschriften-Applikationen belegt ist und wir dort nichts anfassen dürfen. Da gibt es keine Diskussion. Also war die Entscheidung, noch fast 24 Stunden auf dem Testsystem zu bleiben, oder auf die produktiven Systeme zu gehen, das Update kontrolliert auf die Server-Landschaft zu verbreiten, diesen Vorgang genau zu überwachen und zu protokollieren. Ich habe mich ausführlich mit dem CIO unterhalten, und er hat mir gemäß Paragraph 15A schriftlich die Freigabe erteilt, heute um 18:50 Uhr auf die ersten produktiven Server zu gehen. Du kannst das gerne überprüfen, wenn du möchtest."

Roger schüttelte den Kopf. Niemand von ihnen würde eine solche Entscheidung von Müller und Knecht, dem CIO, in Frage stellen. Mit einer Handbewegung entschuldigte sich Roger für seine Intervention und nickte Müller zu, damit er weiterfahren konnte. Müller erklärte: „Bereits um 18:57 Uhr zeigten sich erste Ungereimtheiten. Ein Server, welcher den Datentransfer zu SWIFT verwaltet, hat die

Verbindung mehrfach abgebrochen und wieder neu aufgebaut. Außerdem hat ein Überwachungssystem begonnen, zweifelhafte Werte anzuzeigen. Wir haben den Server temporär hinuntergefahren und werden im Team entscheiden, wie es weitergeht. Knecht ist natürlich informiert und wird wahrscheinlich etwa in einer Stunde hier eintreffen, weil wir offenbar einen Major Incident haben. Das war der Grund, dass ich deinen gemütlichen Abend unterbrechen musste."

Niemand lachte.

Müller erklärte weiter: „Du bist außer Fredy der einzige, der wirklich gut ist für die Firewall-Administration und die Auswertung der Logs. Die Ausbreitung des Updates ist jetzt natürlich gestoppt. Bis Mitternacht werden wir keine weiteren Server neu starten, außer es geht nicht anders. Wir werden im CERT entscheiden, ob wir die betroffenen Server auf den vorherigen Stand zurücksetzen."

Das CERT bezeichnete das Computer Emergency Response Team, also das Krisenbewältigungsteam für die Computersysteme und Netzwerke der Großbank. Es bestand heute aus Müller selbst, zwei der erfahrensten Netzwerkspezialisten der Bank und einem externen Berater, in diesem Fall einer Beraterin. Die Mitglieder des CERT konnten über eine verschlüsselte Handy-Verbindung jederzeit und an fast jedem Ort der Welt miteinander in Kontakt treten und Entscheidungen treffen. Bei besonderen Ereignissen, sogenannten Major Incidents, welche im Handbuch genau definiert waren, war die Reaktionszeit des Teams 10 Minuten und die Interventionszeit maximal eine halbe Stunde. Solange durften die Bankomaten und die Systeme der Bank im Extremfall vom Netz gehen, danach mussten die Verbindungen allenfalls mit Ersatzsystemen wiederaufgebaut werden. Natürlich hatte jedes Mitglied des Teams mehrere Stellvertreter, welche etwa auf dem gleichen Ausbildungsstand waren. Der CIO musste über die Entscheidungen des CERT informiert werden und bei gewissen Vorgängen seine Zustimmung geben. Falls aber der CIO aus irgendeinem Grund nicht erreichbar war, hatte das CERT weitgehende Handlungsvollmacht. Außerdem durfte die Bank keine

Kündigungen aufgrund von Entscheidungen des CERT aussprechen, doch dies war in Krisenfällen keine große Erleichterung. Müller arbeitete seit mehr als 20 Jahren bei der Bank und gehörte seit 7 Jahren zum CERT. Dies bedeutete mehr Lohn, aber definitiv auch mehr Stress.

Müller blickte sich um und fügte noch an: „Veronica Meissner ist online und ihre Mitarbeiter prüfen gerade den Code des Security-Updates. Roger, nimm doch bitte bald Kontakt mit ihr auf und schau, ob sie etwas herausgefunden hat." Müller blickte auf seine Uhr. „Das CERT wird um 20:45 Uhr über das weitere Vorgehen entscheiden. Matthias bleibt an den Monitoren der Überwachungssysteme. Ich rufe jetzt nochmals den CIO an und informiere ihn über die aktuelle Lage."

Roger hatte keine Fragen mehr. Er nahm einen Plastikbecher aus der Halterung an der Wand und goss sich aus einer bereit gestellten Thermoskanne Kaffee ein. Er ließ zwei Stück Zucker in den Becher gleiten und suchte einen Löffel. Da es keinen gab, nahm er ein Lineal, um den Kaffee umzurühren. Dann setzte er sich an einen der Schreibtische und griff zum Telefon. Die Nummer von Veronica Meissner war auf einer Vorwahltaste programmiert. Meissner arbeitete bei MELANI, dem Melde- und Analysezentrum für Informationssicherheit in Bern. MELANI hatte einen heißen Draht zum Nachrichtendienst des Bundes und zu den großen Banken, Industriefirmen, Flughäfen, Bahnhöfen, Kernkraftwerken, den großen Speicherkraftwerken und vielen anderen Organisationen. Einige der Mitarbeiter waren Offiziere der Schweizer Armee, aber auch hochspezialisierte zivile Fachleute arbeiteten manchmal temporär für MELANI. Für Krisenfälle war Veronica die Kontaktperson zu den Großbanken und der Bank für Internationalen Zahlungsausgleich in Basel. Sie war etwa Anfang 40 und Single. Roger hatte mehrere Weiterbildungen zusammen mit Veronica absolviert. Ihr Leben schien fast nur aus Arbeit und Weiterbildung zu bestehen. Ihre Fachkenntnis im Allgemeinen, aber auch ihr Wissen um technische Details waren auf einem unglaublich hohen Niveau.

Nach zweimaligem Läuten meldete sich Meissner. „Hallo Veronica, hier ist Roger. Was machst du wieder für Sachen mit uns?" Die Sicherheitsspezialisten hatten einen lockeren Umgang miteinander und ihre eigene Art von Sarkasmus.

Meissner antwortete locker: „Na ja, den direkten Weg auf die produktiven Systeme habt ihr ja verbockt. Und das so kurz vor Weihnachten! Aber im Ernst: es sieht nach einem größeren Problem aus. Einige Großfirmen haben das Update bereits verteilt, weil die Leute bald in die Ferien wollen, und jetzt reißt es ihnen ständig die Netzwerkverbindungen runter, wie bei euch. Die Verbindungen kommen wieder hoch, bleiben aber nur für kurze Zeit gut, dann blockiert irgendetwas im TCP-Header. Was genau es ist, da sind wir noch dran."

Roger überlegte einen Moment. TCP ist eines der wichtigsten Verbindungsprotokolle für den gesamten Internet-Verkehr. Es konnte durchaus sein, dass Abwehrmaßnahmen gegen Computerviren etwas mit TCP zu tun hatten, aber niemand würde etwas an diesen Programmen anfassen, ohne vorher eine doppelte Lebensversicherung abzuschließen und sich ein Haus auf einer einsamen Insel samt Bodyguards und Wachhunden zu kaufen. Erst vor wenigen Jahren hatte ein Fehler in einer Basiskomponente des Internets weltweit für Aufregung und große Probleme gesorgt.

Er fragte: „Und was sagt Intersoft dazu?"

Meissner schien auf diese Frage gewartet zu haben: „Die halten sich noch ziemlich bedeckt. Das Update ist in KB5236661 beschrieben. In den technischen Foren heißt es lapidar, dass das Update aufgrund massiver Probleme mit neuer Malware unter Zeitdruck entwickelt, aber trotzdem gründlich getestet wurde. Für heute Nacht wird eine verbesserte Version des Updates versprochen."

Roger stöhnte laut: „Also die stürzen wieder die halbe Welt ins Chaos! Und wer bezahlt das alles?"

Meissner klang ruhig: „Na ja, einige unserer Leute geben schon lange Empfehlungen für sichere und stabile Systeme auf Basis von Linux raus."

Roger hatte keine Lust, sich auf Diskussionen einzulassen. Er wusste, dass Meissner mit einer Arbeit über sichere Systeme auf Basis von Linux an der Universität in Bern promoviert hatte. Im Unterschied zu kommerziellen Systemen konnte bei Linux jeder Fachmann den gesamten Quellcode, also das ursprüngliche Programm in einer höheren Programmiersprache einsehen und wo nötig auch modifizieren. Sicherheitsfachleute hatten schon vor vielen Jahren damit begonnen, Linux auf seine wesentlichen Funktionen zu reduzieren und dann komplexe Systeme darauf aufzubauen. Diese waren oft sicherer und stabiler als andere Systeme, weil eben der Kern des Systems einfach und sicher gebaut war und deshalb auch weniger attackiert werden konnte.

Roger nahm den Faden wieder auf: „Also, schon bald ist wieder CERT-Update. Aber bis dann wisst ihr auch nicht viel mehr als jetzt?"

Meissner antwortete: „Wir haben alle unsere Pikett-Leute alarmiert. Einige sind bereits hier und nehmen alles auseinander. Außerdem haben wir das EU-CERT in Brüssel kontaktiert und ihnen mal ein Müsterchen geschickt. Die sind jetzt auch dran, und sie können bei Intersoft ja mal auf die Finger klopfen."

Roger sagte: „Also, vielen Dank, dass ihr auch Nachtschicht schiebt. Bis bald." Er legte auf. Dann klappte er sein Notebook auf und begann eine kurze Notiz zu schreiben. Natürlich konnten sie miteinander sprechen, aber in solchen Fällen war es üblich, alle Vorgänge möglichst exakt zu dokumentieren. Nach jedem Major Incident gab es einen sogenannten Examination Review, wo das Problem und die getroffenen Maßnahmen nochmals gründlich durchgesprochen und analysiert wurden. Dabei wurde auch offen über das Verhalten der Teammitglieder in Krisensituationen diskutiert, nicht um einander anzuschwärzen, sondern um voneinander zu lernen.

Roger räusperte sich und sagte: „Ich gehe mal kurz austreten. Bin gleich zurück." Müller nickte wortlos.

Die Herren-Toiletten befanden sich eine Etage höher. Roger wusch sich sein Gesicht mit kaltem Wasser. Dann zückte er sein Handy und schrieb eine Nachricht an Pia: „Sieht nach was Größerem aus. Wärm das Bett gut vor. Bis später."

Als er zurück im Kontrollzentrum war, hatte Müller eine verschlüsselte Video-Verbindung mit MELANI aufgebaut. Veronica Meissner hatte ihr Haar straff nach hinten gebunden. Wie gewohnt gab sie in knappen Worten ihre Einschätzung der Lage und die Erfahrungen von anderen Firmen durch. „Die Flughäfen haben das Update noch nicht eingespielt, auch bei der SBB sind sie noch am Zuwarten. Bei den Kraftwerken sehen wir keine Probleme. Aber Koch ist vom Netz gegangen und versucht, Notverbindungen aufzubauen. Die Produktionsfirmen haben sie abgehängt. Wir sind nicht sicher, ob sich da irgendetwas von selbst im Netz verbreitet. Unsere Spezialisten haben das Ding mal im Zoo ausgesetzt." Der Zoo war die umgangssprachliche Bezeichnung für eine Anzahl Computer, welche nie mit dem Internet verbunden waren, aber ein komplexes Netzwerk simulierten. Auf diese Weise konnte die Ausbreitung von Computerviren und sogenannten Würmern sozusagen unter Laborbedingungen beobachtet werden. Daraus ließen sich Rückschlüsse ziehen, wie schnell sich ein derartiges Programm im Internet ausbreiten würde und welche Schäden es anrichten konnte.

Müller sagte in Richtung des Videobildes: „Für mich ist klar, wir setzen unsere Server auf den Stand von heute 18:00 Uhr zurück. Solange ihr das Ding im Zoo habt und der Hersteller sich nicht klar äußert, kann ich keine Risiken eingehen." Müller sah sich kurz um und die beiden Spezialisten im CERT nickten. Jede Entscheidung im CERT musste einstimmig getroffen werden, mit Ausnahme von Meissner, welche eine beratende Funktion hatte, da sie nicht zum Mitarbeiterstab der Bank gehörte. Aber auch sie gab einen zustimmenden Laut von sich.

Müller sagte: „Also, wir gehen hier mal an die Arbeit. Ist es für dich in Ordnung, wenn wir um 21:30 Uhr den nächsten Kontakt haben? Bis dann wird wohl der CIO hier sein. Mach's gut!" Meissner nickte und verabschiedete sich. Das Bild der Video-Übertragung erlosch.

Müller schaute wieder zu Roger: „Du bleibst auf der geschützten Seite von MELANI und schaust, was sie weiter rausgeben. Und du, Matthias, fängst mit dem SWIFT-Server an." Matthias Suter, der etwa gleich alt war wie Roger, nickte.

Mit definierten Befehlen konnte man den gesamten Softwarestand jedes Servers auf einen früheren Zeitpunkt zurücksetzen. Weil sowieso jeder Server über eine Anzahl von großen Hard Disks verfügte oder mit riesigen Speichersystemen verbunden war, waren dazu keine manuellen Eingriffe nötig. Wenn man aber zu weit zurückging, lief man Gefahr, dass andere wichtige Änderungen am Betriebssystem oder anderen Programmen auch wieder verloren gingen und dann einzeln nachgeführt werden mussten.

23. Dezember, 20:20 Uhr, Baden

Pia nippte an ihrem Espresso und verlangte die Rechnung. Sie hatte die Pizza genossen und dabei ein wenig auf ihrem Handy rumgetippt und einige WhatsApp-Nachrichten verschickt. Nun war sie müde und es war Zeit, nach Hause zu gehen.

23. Dezember, 21:10 Uhr, Zürich Nord

Das Handy von Müller begann zu vibrieren. Er blickte auf das Display und verließ den Raum im Laufschritt. Roger ahnte, dass Gustav Knecht, der CIO der Bank, eingetroffen war. Vermutlich wollte er seinen voluminösen Körper nicht durch die Drehtür zwängen, und von innen war es möglich, – unter Umgehung der Sicherheitsvorschriften – einen Seiteneingang zu öffnen.

Die Tür zum Kontrollzentrum war einen Spalt breit offengeblieben, und Roger hörte die Stimmen von Müller und Knecht, die beim Kaffeeautomaten Halt machten. Müller fasste in knappen Worten die Lage und die Entwicklung der letzten Stunden zusammen und erwähnte die Aktivitäten von MELANI. Knecht hörte aufmerksam zu und stellte einige Fragen. Die Geräusche der Kaffeemaschine überdeckten einen Teil des Gespräches.

Nach etwa zehn Minuten kamen beide mit ihrem halbvollen Kaffeebecher in den Raum, wo die Luft inzwischen schon ein wenig verbraucht war und der Geruch von Schweiß, Kaffee und einer kalten Pizza in der Luft lag. Eigentlich war es verboten, im CERT-Raum zu essen, aber in solchen langen Nächten hielt sich niemand daran. Knecht rümpfte ein wenig die Nase und Müller beeilte sich, die Tür weit aufzusperren und den Regler für die Lüftung auf das Maximum zu stellen.

Knecht gab jedem die Hand und erkundigte sich kurz nach dem Wohlergehen. Die meisten Mitarbeiter kannte er von Sitzungen oder Firmenfesten her. Sein Namensgedächtnis schien ausgezeichnet zu sein. Er war kein Mann der großen Worte. So sagte er nur: „Es ist wichtig, dass ihr mit MELANI in Kontakt bleibt und so viel Informationen wie möglich absaugt. Konsultiert aber auch die Medien, ob schon irgendwas über dieses verd… Update rausgekommen ist."

Müller schaute sich ein bisschen schuldbewusst um, aber Matthias hatte neben dem Bildschirm wo er arbeitete, einen größeren Bildschirm angeschlossen, wo ein Fernsehsprecher stummgeschaltet irgendwelche Nachrichten verlas, und in anderen Browserfenstern die wichtigsten Nachrichtenportale eingeblendet waren. Er schaute kurz auf und schüttelte den Kopf.

23. Dezember, 21:30 Uhr, Zürich Nord

Bereits war es Zeit für den nächsten Abgleich mit MELANI. Einer der Spezialisten rückte einen Bildschirm in die Mitte des Tisches, wo wieder die Videoübertragung zu MELANI aufgeschaltet war. Meissner blickte in ihre Richtung, die Haare immer noch straff nach hinten, und scheinbar entspannt. Dem genauen Beobachter blieb aber nicht verborgen, dass sich in ihrer Stirn eine Falte eingegraben hatte. Meissner wartete, bis sie alle CERT-Kollegen im Winkel der Kamera sah und begann auf ein Zeichen von Müller zu sprechen. „Wir haben zurzeit eher schlechte Nachrichten. Es gibt erste Berichte aus Deutschland, und zwar nicht über die offiziellen Kanäle via Brüssel, sondern auf unseren Verbindungen. Dort beginnen einige Großfirmen zu kämpfen. Von der Deutschen Bahn haben wir noch nichts gehört, aber unsere Netzwerkmonitore zeigen einige spezielle Aktivitäten, die müssen wir aber noch genauer analysieren.

Das zweite ist, und das macht uns jetzt wirklich Sorgen, dass sich das Ding irgendwie selbstständig macht." Sie machte eine Pause und Müller ergriff das Wort: „Selbstständig? Es breitet sich aus? Ohne dass man es auf die Server lädt und das Update startet? Oder meinst du, es sind Autoupdate-Mechanismen?"

„Es sind keine Autoupdates. Wir haben das im Zoo getestet. Nach der Installation auf einem Server scheint es einige Zeit zu warten und dann sucht es sich einen anderen Server und kopiert sich über die normalen Updateprogramme dorthin. Möglicherweise setzt es dabei eine Zeit fest, zu der dann das geladene Update installiert wird. Für den Zielserver ist es genau der gleiche Vorgang wie wenn wir selbst ein Update runterladen und dann die Zeit zum Beispiel auf Mitternacht stellen für Installation und Neustart des Systems." Meissner schwieg. Müller griff sich an die Stirn und gab einen unterdrückten Laut von sich. Dann winkte er Matthias zu sich und fragte: „Ist der SWIFT-Server sauber?"

Matthias nuschelte: „Ja, ich habe ihn auf Stand 18:00 Uhr zurückgesetzt, er läuft einwandfrei. Ich habe aber die Netzwerkmonitore noch nicht genau angeschaut."

Müller nickte und entließ ihn mit einer Handbewegung. Matthias setzte sich sofort wieder an seinen Schreibtisch und startete einige Programme, die den gesamten Netzwerkverkehr überwachten und Anomalien farbig anzeigten.

Knecht malte mit dem Finger ein Fragezeichen in die Luft, worauf Müller fragte: „Was habt ihr noch aus dem Zoo?" Meissner erklärte: „Also, das Security-Update scheint tatsächlich einige neue Bedrohungen abzufangen. Die automatische Ausbreitung konnten wir erst einmal beobachten. Unsere Spezialisten sind da noch dran. Es ist nicht so einfach zu reproduzieren. Vielleicht hat sich da jemand einen Spaß erlaubt, oder die hatten eine gute Idee, um ganze Server-farmen nachzurüsten … aber ich muss sagen, das ist schon ein biss-chen speziell. Unsere Vermutungen gehen zurzeit in die Richtung, dass entweder das Update schon beim Hersteller einen Virus einge-fangen hat, oder dass es eventuell erst auf den europäischen Down-load-Servern gehackt wurde. Wir haben versucht, das Original zu er-halten, um den Code und die Prüfwerte zu vergleichen. Die Support-Website von Intersoft gibt nur unzulängliche Informationen, dass das Update möglicherweise zurückgezogen und durch eine bessere Version ersetzt werden wird." Meissner nahm einen Schluck aus ei-nem Wasserglas. Müller fuhr sich nochmals über die Stirn und fragte: „Und was hört ihr aus Deutschland? Das bleibt natürlich unter uns." Meissner stellte das Wasserglas auf den Tisch und fuhr fort: „Also, es sieht sehr ähnlich aus wie hier. Ein Server geht kurze Zeit runter, reißt ein paar Netzwerkverbindungen runter, die gehen dann nach einer Weile wieder hoch, und so weiter. Nicht reproduzierbar, es scheint aber gewissen Mustern zu folgen, die wir noch analysieren." – „Und die Firewalls?" – „Die merken nichts von alldem, es sind eigentlich normale Netzwerkunterbrüche, außer dass sie eben nicht ganz normal sind. Die Inhalte im Netzwerkverkehr zeigen bisher keine großen Auffälligkeiten. Es hat eventuell ein paar Anomalien, aber wir haben schon mal etwa 20 Gigabyte gesammelt, und das müssen wir halt noch analysieren. Dauert etwa bis Mitternacht." Müller schaute seine Kollegen an und sagte: „Für euch okay?" Alle nickten. „Machen wir um halb elf noch einen kurzen Abgleich?" Meissner wandte ein: „Lieber kurz nach zehn. Nachher kommt mein Stellvertreter. Ich habe heute seit morgens um halb acht gearbeitet und brauche ein paar Stunden Schlaf." Müller nickte, dankte Meiss-ner für ihre Mithilfe und beendete die Übertragung.

Knecht blickte in die Runde und versuchte, in den Gesichtern der Spezialisten zu lesen. Er fragte: „Was haltet ihr davon?" Nach einer kurzen Pause antwortete Fredy Sonderegger, der Älteste von ihnen: „Also mir kommt das spanisch vor. Wenn der Hersteller bewusst einen Verbreitungsmechanismus eingebaut hätte, wäre das in der Knowledge Base dokumentiert. Die machen nicht solche Spielchen, ohne das gründlich auszutesten. Matthias ... Herr Suter hat auch das Technet durchsucht. Keine Spur von Information. Also wurden sie gehackt, oder es hat sich jemand bei ihnen eingeschlichen und ein Geschenk aus dem Osten eingebaut. Wer weiß?" Müller nickte langsam. Knecht dachte nach. „Also, ich danke euch allen für euren super Einsatz. Ich kann euch hier nicht viel weiterhelfen. Ich bleibe natürlich mit Herr Müller in Kontakt. Ihr könnt mir problemlos bis zwei Uhr morgens Nachrichten schicken. Ich habe aber die neue App mit der verschlüsselten Verbindung noch nicht. Irgendetwas funktioniert da nicht richtig auf meinem Handy." Fredy Sonderegger unterdrückte ein Grinsen. „Schickt mir halt SMS oder WhatsApp, einfach nicht zu viele Details reinschreiben. Wenn es sein muss, weckt mich mit einem Anruf auf mein Handy. Ich habe einen leichten Schlaf, und meine Partnerin ist heute auswärts auf Besuch bei ihrer Schwester."

Knecht verabschiedete sich von allen und Müller nahm seinen Mantel, um ihn nach oben zu begleiten. „Ich gehe noch kurz frische Luft schnappen. Ich bin in zehn Minuten zurück." Die Kollegen nickten. Roger hatte sich in einen Fachartikel aus der Knowledge Base vergraben und ließ auf seinem Computer ein Programm laufen, welches die Firewall-Aufzeichnungen analysierte. Matthias beobachtete aufmerksam die Netzwerk-Monitore und schlürfte an einem großen Becher Kaffee. Auf seinem Tisch lagen die Überreste von Sandwiches, Buttergipfeln und Weihnachtskeksen verstreut.

23. Dezember, 21:45 Uhr, bei Baden

Pia streckte sich auf dem Bett aus und schaltete den Fernseher ein, um noch ein paar Spätnachrichten zu sehen. Aber schon nach wenigen Minuten fielen ihr beinahe die Augen zu. Sie schaltete aus und legte sich hin. Sie schickte noch eine Nachricht an Roger und legte das Handy auf den Nachttisch. Nach wenigen Minuten war sie in einen tiefen Schlaf gefallen. Sie träumte von durchgeschnittenen

Netzwerkkabeln, von Krebsmedikamenten, die niemand mehr bezahlen konnte, und von Bankomaten, welche infolge einer Störung nur noch alte italienische Lira-Scheine ausgaben.

23. Dezember, 21:50 Uhr, Zürich Nord

Karl Müller unterhielt sich leise mit Matthias Suter, der auf verschiedene Markierungen auf den Netzwerk-Monitoren zeigte und ihm komplizierte Zusammenhänge erklärte. Zwar hatten sie alle eine hochwertige Ausbildung genossen, und trotzdem waren die einen Spezialisten für Server-Betriebssysteme, andere für Firewalls und Router, und wieder andere für den Netzwerk-Verkehr und die vielfältigen Gefahren, die irgendwo da draußen lauerten. War es ein Programm, das blindlings undichte Stellen im Internet suchte? War es ein Hacker, der bezahlte Aufträge ausführte und Schwachstellen bei bestimmten Firmen aufspürte? War es ein Spion, der Informationen über Staaten oder Rüstungskonzerne sammelte? Oder war es ein Teenager, der nicht schlafen konnte und stundenlang neue Viren und Würmer bastelte und ausprobierte? Aus Geltungstrieb oder einfach aus Neugier. Es gab zwar hochspezialisierte Programme, welche in den Netzwerkaktivitäten bestimmte Muster erkannten, aber man wusste nie, ob die Gegenseite einen Schritt voraus war und genau diese Muster streute, um den anderen zu verwirren. Eigentlich wusste man nie, wer Freund ist und wer Feind. Und das machte ihre Arbeit gerade so spannend, aber manchmal auch Nerv tötend. Nicht wenige der Spezialisten waren ein wenig paranoid geworden und versteckten sich Zuhause hinter falschen Identitäten oder mehrfachen Firewalls und Programmen, welche den gesamten Netzwerkverkehr verschlüsselten und keine Rückschlüsse auf den Absender ermöglichten.

Matthias zeigte den Netzwerkverkehr, der vom SWIFT-Verbindungsrechner und von anderen wichtigen Servern ausging. Abgesehen von einigen Fehlern, die immer wieder mal vorkommen, schien alles normal zu laufen. Ab Mitternacht würden verschiedene große

Datenpakete zu den Dienstleistern im Netz gesandt, Milliarden von Zahlungen ausgelöst und bestätigt und noch viel mehr Börsen- und Devisentransaktionen national und international übermittelt werden. Außerdem lief jede Nacht der Ausgleich sämtlicher grenzüberschreitender Kreditkartentransaktionen.

23. Dezember, 22:05 Uhr, nahe Brüssel

Jan van der Bellen war kurz unaufmerksam gewesen. Er war zurzeit alleine im Kontrollraum. Sein Kollege Hendrick, der mit ihm die Nachtschicht teilte, hatte sich in die Kantine begeben, um etwas Kleines zu essen, wie gewohnt Kaffee in sich hinein zu schütten und danach eine oder zwei Zigaretten zu rauchen. Das Rauchen war im Kontrollraum strikte verboten. Als Jan wieder auf die großen Bildschirme vor ihm und an der Wand blickte, spulten Dutzende von Meldungen der zentralen Server runter:

22:03:38 ABNORMAL TERMINATION SR23A5
22:03:40 LOAD TRANSFER TO SR23B2
22:03:40 NETWORK TRAFFIC LOW
22:03:44 REBOOT SR23A5 IN PROGRESS
22:03:47 NETWORK TRAFFIC LOW
22:03:56 BUFFER OVERFLOW ON SR23B2
22:04:00 SWITCH BUFFER TO SSD RACK 2
22:04:01 INVALID TCP COUNTER VALUE
22:04:02 NETWORK TRAFFIC LOW
22:04:03 REBOOT SR23A5 IN PROGRESS
22:04:08 LOAD TRANSFER TO SR23B5
22:04:10 SR23A5 IN OPERATION
22:04:16 LOAD TRANSFER TO SR23A5
22:04:25 NETWORK TRAFFIC LOW

Einige der Nachrichten erschienen in roter Farbe. Es konnte mal vorkommen, dass ein Server in die Knie ging, aber die wiederholten Meldungen, dass der Netzwerk-Verkehr schwach war, beunruhigten

Jan zutiefst. Er drückte auf eine versenkte Taste neben seiner Tastatur. Dies würde eine Alarm-Meldung auf den Pager von Hendrick schicken. Gemäß ihren Vorschriften musste Hendrick innert 5 Minuten in den Kontrollraum von SWIFT zurückkehren. Für derartige Störungen hatten sie ein Notfall-Handbuch. Gewisse Eingaben an den Administrator-Terminals mussten durch ein Passwort oder einen Einmal-PIN des Kollegen bestätigt werden.

23. Dezember, 22:10 Uhr, Zürich Nord

Der nächste CERT-Abgleich stand an. Müller startete die Übertragung zu MELANI. Meissner hatte inzwischen einen Pullover angezogen. Auf ein Zeichen von Müller begann sie: „Nicht viel Neues hier. Die Kollegen arbeiten noch im Zoo und sammeln Nachrichten aus Deutschland. Es ist gerade noch etwas aus Brüssel reingekommen, aber das müssen wir noch genauer anschauen. Mein Kollege Friedrich Hoyer wird in wenigen Minuten hier eintreffen. Wir haben alles dokumentiert. Wir haben mal ein Bulletin für den Bundesrat verfasst, weil wir doch schon allerlei Seltsames festgestellt haben. Und doch können wir noch nicht genau sagen, ob wir da eine Alarmstufe weiter hoch gehen müssen. Außerdem haben wir eine erste Pressemeldung vorbereitet, aber bis mindestens Mitternacht ist absolute Informationssperre. Das gilt natürlich auch für euch." Sie verzog das Gesicht zu einem Grinsen. Alle wussten, dass die Mitarbeiter der Bank die Letzten sein würden, welche die Presse informierten oder eine Nachricht auf den sozialen Medien absetzten. Die Bank gab sich in solchen Fällen eher bedeckt und beantwortete neugierige Anfragen von Journalisten mit der Formel „… einige technische Probleme, die aber unter Kontrolle sind."
Meissner ergänzte: „Ich schlage vor, dass ihr in etwa eineinhalb Stunden nochmals einen Abgleich macht. Hoyer hat gute Nerven. Er wird euch auch nichts verschweigen, was wir herausfinden."
Es gab seltene Fälle, wo MELANI an Auflagen des Bundes gebunden war. Als vor einigen Jahren ein staatseigener Betrieb im Rüs-

tungsgeschäft gehackt worden war, musste MELANI alle diesbezüglichen Informationen sofort klassifizieren und durfte nur die Nachricht rausgeben, dass für andere Firmen aktuell keine Gefahr bestand. Als dann nach einigen Wochen die Informationen doch öffentlich wurden, stürzten sich die Medien umso hungriger und mit ironischen Untertönen auf diesen Skandal.

Müller dachte einen Moment nach und ergänzte: „Bei uns ist es im Moment auch ein wenig ruhiger geworden. Der CIO ist nach Hause gegangen. Wir überwachen vor allem den Verkehr mit SWIFT und den Netzwerkdienstleistern und Clearing-Stellen. Matthias bleibt da noch eine Weile dran. Für mich ist es in Ordnung, wenn wir uns um 23:45 Uhr nochmals abgleichen und nachher versuchen, ein paar Stunden Schlaf zu kriegen." Müller blickte in die Runde und alle Kollegen nickten. „Also, Veronica, vielen Dank für alles und gute Nacht. Wir hören wieder voneinander." Auch Meissner verabschiedete sich und beendete die Übertragung.

23. Dezember, 22:15 Uhr, nahe Brüssel

Hendrick war um 22:14 Uhr, etwa sieben Minuten nach Absetzen des Alarms, im Kontrollraum eingetroffen. Als der viel Jüngere wollte Jan ihm keine Vorwürfe machen. Vermutlich hatte Hendrick noch seine Zigarette fertig geraucht und war dann gemütlich zum Kontrollraum gegangen.

Nun starrte Hendrick auf die Bildschirme und runzelte die Stirn. Er war 45 Jahre alt und hatte schon ziemlich viel auf dem Kerbholz, wie er selbst zu sagen pflegte. Kollegen munkelten, dass er in seiner Jugend ein begeisterter Hacker gewesen war und außerdem politisch zu eher exotischen Meinungen neigte. Aber bei SWIFT zählte die Erfahrung und ein einwandfreier Leumund, und abgesehen von einigen Verkehrsdelikten hatte Hendrick keine Einträge. Es gab Gerüchte über seinen Alkoholkonsum und seine Bekanntschaften, aber Hendrick war ein sehr zuverlässiger und freundlicher Kollege.

Hendrick wies Jan an, einige spezielle Überwachungsprogramme zu starten und auf die großen Bildschirme an der Wand zu bringen. Er seufzte und murmelte in seinem breiten Flämisch etwas von einer langen Nacht.

23. Dezember, 22:30 Uhr, Zürich Nord

Müller diskutierte nochmals mit Matthias, dann räusperte er sich und sprach: „Also, Fredy und Raymond bleiben noch bis etwa um Mitternacht hier. Mit Matthias schaue ich noch, was es zu tun gibt. Du, Roger, kannst um elf Uhr nach Hause gehen. Du bist ja, glaube ich, mit dem Zug gekommen. Du musst dich einfach bereithalten, wenn es hier Schwierigkeiten gibt. Bitte dokumentiere noch im System, falls du in der Knowledge Base oder in den Protokollen etwas Interessantes gefunden hast. Manchmal zählt jedes Detail an Information. Ist das in Ordnung für euch?" Alle nickten. Sie waren ein eingespieltes Team und hatten schon manche Nacht und viele Wochenenden zusammen verbracht. Jeder wusste, dass er sich hundertprozentig auf seine Kollegen verlassen konnte. Niemand klagte über zu wenig Schlaf. Sie wurden ab und zu medizinisch untersucht. Aufputschmittel waren tabu. Nach Sondereinsätzen pflegte der CIO ihnen einige Flaschen teuren Champagner zukommen zu lassen. Einmal hatte er dem ganzen CERT-Team eine Woche Ferien auf Gran Canaria spendiert. Sie vermuteten, dass dies über sein Spesenkonto lief, aber danach fragte hier niemand. Die Leistung zählte, und für die Leistung wurde man bezahlt.

Wie besprochen machte Roger verschiedene Notizen im System und schrieb einige Fragen an MELANI, die ihm in den Sinn gekommen waren. Kurz vor elf Uhr verabschiedete er sich mit einem knappen Gruß und ging hinaus in die kalte Nacht. Der Bahnhof der S-Bahn war nur einige Minuten vom Gebäude entfernt. Als der Zug kam, stieg er in die erste Klasse ein und ließ sich in den weichen Sitz sinken. Nach wenigen Minuten war er eingeschlafen.

23. Dezember, 22:45 Uhr, nahe Brüssel

Hendrick hatte, ohne das Handbuch zu konsultieren, Alarm ausgelöst. Das bedeutete, dass zunächst fünf Spezialisten, welche über Weihnachten Bereitschaftsdienst hatten, über Pager oder Handy benachrichtigt wurden und innert 30 Minuten im Kontrollraum von SWIFT eintreffen mussten. Außerdem wurde eine Nachricht an die Vorgesetzten ausgelöst, auf der Website erschien automatisch eine Meldung über eine technische Störung und auf den Kommunikationskanälen zu den Banken wurden entsprechende Meldungen verbreitet. Diese gingen aber zum Teil, weil eben die Netzwerke gestört waren, mit Verzögerung raus.

SWIFT verarbeitet täglich Dutzende Millionen Nachrichten von vielen Tausend angeschlossenen Banken. Die Verträge sahen vor, dass SWIFT, wenn ein technisches Problem nicht in nützlicher Frist gelöst werden konnte, eine Konventionalstrafe bezahlen muss, weil die Banken je nach Situation Verzugszinsen im internationalen Zahlungsverkehr erleiden. Diese Verzugszinsen können in wenigen Stunden schwindelerregende Höhen erreichen. Darum betreibt SWIFT auch mehrere Rechenzentren in verschiedenen Ländern, welche technisch weitgehend voneinander unabhängig sind und über vielfältige Schutzmechanismen gegen Probleme aus dem Netzwerk verfügen. Im Prinzip konnte man von einem geschlossenen Netzwerk sprechen, aber bei den vielen Tausend angeschlossenen Banken wusste man nie, was so alles über dieses Netzwerk reinkommt.

Jan seinerseits hatte das Handbuch als PDF-Dokument am Bildschirm geöffnet und nachgelesen, was die Operatoren in einem solchen Störfall genau machen mussten, und wer wann zu benachrichtigen war.

23. Dezember, Nacht

Die Türe hatte sich kaum hinter Roger geschlossen, als Matthias, ganz gegen sein Temperament, fluchte: „Shit, jetzt fängt es bei SWIFT an. Soeben ist auf dem Steuerkanal eine Meldung reingekommen, und die Monitore zeigen ein ähnliches Bild wie bei uns. Die Server tauchen zeitweise und reißen die Netzwerkverbindungen runter. Aktuell haben sie etwa 15-20% vom normalen Traffic."

Müller fuhr auf und schüttelte den Kopf. „Also zu früh auf eine ruhige Nacht gefreut. Er überlegte einen Moment, ob er Roger noch einholen sollte, ließ es aber bleiben. Auch das CERT hatte verschiedene Möglichkeiten, Alarm auszulösen und ihre Stellvertreter und viele Systemspezialisten aus ihrem Weihnachtsurlaub zurückzuholen. Die Bereitschaftspläne waren abgestuft, einige mussten innert 30 Minuten am Arbeitsplatz sein, einige innert einer Stunde, andere innert vier Stunden. Das reichte in der Regel, um von irgendeinem Ferienort in der Schweiz oder im grenznahen Ausland zurück in Zürich zu sein. Andere Spezialisten hatten immer ihre Notebooks dabei und konnten aus einem Hotel über WLAN eine verschlüsselte Verbindung aufbauen und nach Absprache mit dem CERT in die komplexen Server- und Netzwerkstrukturen der Bank eingreifen.

Müller überlegte einen Moment. „Schau mal, ob es bei MELANI im geschützten Bereich schon drauf ist, sonst schick sofort eine Meldung ab." Matthias nickte. „Fredy, Raymond, was meint ihr dazu?" Fredy Sonderegger nickte bedächtig und sagte: „Also, wenn es das gleiche Muster ist wie bei uns, und wenn es den Netzwerkverkehr dermaßen behindert, dann haben wir ein größeres Problem. Mal abgesehen von den Millionen, die SWIFT dann abschreiben muss, denk nur, was wir und die anderen Institute heute Nacht noch durchbringen müssen!"

Da der 24. Dezember in den meisten europäischen Ländern ein Arbeitstag ist, der 25. und der 26. Dezember aber Feiertage sind, war der 23. Dezember der letztmögliche Tag, um am Post- oder Bankschalter oder im Online-Banking Zahlungsaufträge aufzugeben, die noch vor Weihnachten ausgeführt wurden. Darum war das Volumen im Zahlungsverkehr in der Nacht vom 23. zum 24. Dezember durchaus doppelt, wenn nicht dreimal so groß wie an normalen Werktagen.

Müller nickte. „Ja, jetzt hat SWIFT ein Problem, aber wir wissen nicht, ob sie es selbst gemacht oder irgendwoher eingefangen haben." Matthias runzelte die Stirne, sagte aber nichts. Sonderegger fuhr fort: „Ich empfehle, auf Stufe 4 zu gehen."

Das Notfallhandbuch sah fünf Schweregrade von Störfällen vor, dabei war Stufe 5 Normalbetrieb mit kleineren Störungen, die problemlos durch die Leute vor Ort behoben werden konnten. Weil diverse Updates in großen Banken-Applikationen geplant waren, war das CERT-Team sowieso länger vor Ort als üblich. Im Störfall würden weitere Kollegen, welche Bereitschaftsdienst hatten, die Mitarbeitenden des CERT nach spätestens 12 Stunden ablösen. Da sie aber erst nachmittags um eins mit der Arbeit begonnen hatten, war dies erst etwa um ein Uhr morgens möglich. In einer normalen Nacht wären sie alle bereits zu Hause, und nur zwei bis drei Administratoren würden die Systeme und den Netzwerkverkehr überwachen. Verglichen mit früher läuft auch in einer großen Bank sehr vieles vollautomatisch und es wird viel weniger Papier gedruckt als in anderen Zeiten. Der Output erfolgt mehrheitlich tagsüber und wird von niedrig qualifizierten Arbeitskräften unterstützt, die Kuvertierung und die Abfüllung in Postsäcke geschieht weitgehend automatisch.

Müller war der gleichen Meinung. „Ja, wir gehen sofort auf Stufe 4. Dann erhalten wir nach Mitternacht Verstärkung, der CIO erhält eine automatische Information und einige Kollegen können ihren Weihnachtsurlaub vorzeitig beenden." Er grinste sarkastisch. Sonderegger setzte sich an seinen Arbeitsplatz und löste die Stufe 4 aus, welche von Müller bestätigt wurde. Roger würde ebenfalls eine

Nachricht erhalten, die aber nicht zwingend bedeutete, dass er umkehren musste, sondern eben, dass er während seiner Bereitschaftszeit in 30 Minuten in der Bank sein oder sich zumindest über die verschlüsselte Verbindung aufschalten musste.

Aber vier weitere Kollegen, welche Bereitschaftsdienst hatten, mussten sich nun auf dem Weg in die Bank machen. Die Alarm-App, welche alle auf ihrem Smartphone hatten, ließ das Gerät eine Minute lang vibrieren und danach, wenn der Alarm nicht manuell bestätigt wurde, ertönte ein Signalton, welcher sich nicht stummschalten ließ. Müller entspannte sich ein wenig. Eine unnötige Stufe 4 würde ihm eine längere Besprechung bei Knecht einbringen, aber die Zeichen waren klar: Wenn SWIFT Probleme hatte, dann wurde das ganze Netzwerk gestört. Wie auf dem Höhepunkt der Finanzkrise, wo die Banken sich weigerten, einander kurzfristig Geld auszuleihen, und wo die Regierungen innert kürzester Zeit milliardenschwere Notkredite bereitstellen mussten, so konnten auch Probleme bei SWIFT innert kurzer Zeit erhebliche Schwierigkeiten bei den angeschlossenen Geschäftsbanken verursachen. Natürlich gab es viele Absicherungen und mehrfach ausgelegte Systeme, aber die Geschichte hatte Müller und Sonderegger gelehrt, dass die Probleme meistens dort auftauchten, wo man sie am wenigsten vermutete: Eine Datenbank-Anpassung, die erst beim Jahreswechsel zu Problemen führte, ein Verschlüsselungs-Algorithmus, der nicht so sicher war wie angenommen, oder ein junger Netzwerk-Operator, der im Übereifer nicht nur Teile des Netzwerks außer Betrieb nahm, sondern alle UCS-Bankomaten in der ganzen Schweiz für viele Stunden lahm legte.

Wenn man in einem solchen Fall mit Stufe 4 oder 3 zu lange zögerte, bescherte einem das eine noch längere Besprechung mit dem CIO und unter Umständen einen kleineren Bonus.

„Wir bleiben bis mindestens drei Uhr morgens auf 4 und bereiten die Leute auf Stufe 3 vor. Wir müssen noch heute Nacht entscheiden, ob wir auf 3 gehen, sonst sind die Leute weg und werden ein bisschen böse."

Stufe 3 würde für mindestens 50 Mitarbeitende der Bank einen Unterbruch oder einen Aufschub ihres Weihnachtsurlaubs bedeuten. Je nach Situation würden Datenbankspezialisten, Programmierer, Firewall-Spezialisten, Notfall-Operatoren und oft auch externe Spezialisten der Herstellerfirmen von Routern, Firewalls und Datenbankprogrammen beigezogen und nächtelang oder für ganze Wochenenden beschäftigt werden. Jeder, der solche Dinge schon mal erlebt hat, nahm dies einigermaßen gelassen, aber wenn man sich auf einen schönen Urlaub mit seinen Angehörigen oder Freunden gefreut hat, ist dies doch ein Wermutstropfen. Wenn man die Leute mit klaren Informationen vorbereitete, konnten sie sich zumindest darauf einstellen, den Weihnachtsabend in schummrig beleuchteten Räumen vor ihren großen Bildschirmen zu verbringen. Müller wusste, dass es dann weniger Grimassen und hämische Witze geben würde.

INTERSOFT CONFIDENTIAL
Severe problems with security update KB5236661.
Network traffic stopped several times after installing
update.
Not reproducible in lab.
Analysis in progress with class A customers.
Code review urgently needed.
US GOV informed on official channels.
Brussels CERT informed.
RESTRICTED INFORMATION FOR CLASS A
CUSTOMERS ONLY
Information update every full hour.

INTERSOFT VERTRAULICH
Schwerwiegende Probleme mit dem Sicherheits-Update
KB5236661.
Der Netzwerk-Verkehr stoppte mehrmals nach Installa-
tion des Updates.
Nicht reproduzierbar auf unseren Systemen.
Wir sind in Kontakt mit A-Kunden, um den Fehler zu
analysieren.
Programm-Review dringend benötigt.
US Regierung auf den offiziellen Kanälen informiert.
CERT in Brüssel informiert.
INFORMATION AUSSCHLIESSLICH FÜR A-
KUNDEN
Weitere Informationen zu jeder vollen Stunde.

23. Dezember, 23:30 Uhr, Zürich Nord

Matthias hob den Kopf und schaute zu Müller hinüber. „MELANI
möchte den Austausch um 15 Minuten vorziehen." Müller nickte
und startete sofort die verschlüsselte Video-Übertragung auf dem

großen Bildschirm in der Mitte des Raumes. Fredy Sonderegger und Raymond Ganz waren bereits aufgestanden und scharten sich um den Tisch. Ein Gesicht, das sie nicht kannten, erschien. „Guten Abend, mein Name ist Friedrich Hoyer. Wir kennen uns noch nicht, ich bin seit November der Stellvertreter von Frau Dr. Veronica Meissner. Ich habe hier alle Informationen vor mir, welche bei uns heute Abend aufgezeichnet wurden." Er machte eine Pause und blickte sie über eine Distanz von 120 Kilometern über die Kamera in seinem Bildschirm an.

Müller ergriff das Wort. „Guten Abend Herr Hoyer." Er überlegte nicht, ob Hoyer wohl auch einen Doktortitel hatte. In der Bundesverwaltung wurde Wert auf die korrekte Anrede gelegt, aber dies war definitiv nicht der Zeitpunkt, wo sich Müller mit solchen Dingen herumschlagen würde. „Bei uns ist es zurzeit ruhig, aber SWIFT meldet größere Probleme und der Netzwerkverkehr ist sehr instabil. Wir erwägen, vollständig auf das Rechenzentrum in Diessenhofen umzuschalten. Im Moment geht noch ein wenig Traffic nach Brüssel durch, aber nach Mitternacht wird es eng, wenn die ihre Server nicht auf die Beine bringen." Er blickte auf seine Uhr. „In London hat der Nacht-Abgleich begonnen, das bringt SWIFT in die Knie, wenn sie nur etwa 20% haben."

Hoyer nickte. „Verstehe. Wir haben auf den offiziellen Kanälen über das CERT der EU in Brüssel von den Problemen bei SWIFT gehört. Die haben offenbar eine Weile gebraucht um zu reagieren, aber jetzt haben sie Störfall und ab Mitternacht geht bei denen die Post ab. Bei uns im Zoo haben wir auch einige neue Erkenntnisse. Das Update verbreitet sich eigenständig auf andere Server und setzt dann einen Zeitpunkt, um sich dort zu installieren. Es kann nur nach einem Neustart des Servers aktiv werden, das dauert also mit kompletter Installation und Neustart mindestens einige Minuten. Wegen dem offenbar willkürlich eingestellten Zeitpunkt kann es vermutlich aber auch Stunden oder Tage dauern, bis es aktiv wird. Wir wissen noch nicht, wie man die automatische Installation verhindern kann, weil es für das Betriebssystem des Servers genauso funktioniert, wie wenn man das Update manuell herunterlädt oder verteilt und dann zur Installation freigibt.

Wir haben Informationen aus London, Paris, Berlin, Wien und Prag erhalten, dass große Firmen Probleme mit dem Update haben. Die Muster sind ähnlich, aber nicht überall genau gleich.

Intersoft hält sich immer noch bedeckt, gibt aber für A-Kunden inzwischen zu, dass sie ein Problem mit KB-sowieso haben. Sie empfehlen, das Update nur zurückhaltend zu installieren. Außerdem versprechen sie einen Code-Review und eine Korrektur innert 24 Stunden."

Hoyer hatte schnell und präzise informiert. Müller dachte nach, ob Hoyer wohl ein hoher Offizier war oder vielleicht beim Nachrichtendienst gearbeitet hatte. Nun, er würde das schon noch herausfinden. Jetzt war nicht der Zeitpunkt für Plauderstündchen. Müller schaute in die Runde. Gab es jetzt noch etwas Wichtiges zu sagen?

„Also, wir haben unseren SWIFT-Server zurückgesetzt. Aber wenn sich das Zeug so ausbreitet, dann heißt das, dass die von Brüssel es auch wieder mit Weihnachtsgrüßen zurückschicken können. Oder es schlummert bereits auf einem anderen Server und wartet auf einen günstigen Zeitpunkt für einen unbemerkten Reboot. Ach du Scheiße." Müller war nicht der Mann mit vielen Kraftausdrücken, aber nach einem arbeitsreichen Tag gingen auch bei ihm mal die Nerven durch.

Hoyer nickte. „Ja, es sieht böse aus. Wenn Intersoft das Ding nicht bald flickt, haben wir ein Problem. Wir peilen mal die Antiviren-Hersteller an und geben die Signatur durch."

Müller lachte. „Es ist doch ein bisschen ungewöhnlich, dass sie die Signatur eines Security-Updates in ihre Datenbanken aufnehmen müssen. Aber die sind wenigstens schneller als Intersoft. Wenn ihr es durchgebt, haben wir in wenigen Stunden ein Update von Kaspersky Labs und das verteilen wir dann in dreißig Minuten auf unsere Server."

Hoyer lächelte süffisant, hatte aber nichts mehr anzufügen. Müller nickte ihm zu und sagte: „Also wollen wir uns um 00:30 Uhr wieder sprechen? Bei uns kommt dann die Ablösung, aber Herr Sonderegger und ich bleiben wohl noch eine Weile hier. Wir haben ja den Champagner zum Jahresende noch nicht geöffnet. Eine solche Nacht muss man gebührend feiern."

Hoyer lächelte, verabschiedete sich und beendete die Übertragung.

Müller dachte nach und sprach zu sich selbst: „Hoyer? War der nicht mal ganz oben im Generalstab? Na ja, der hat sicher was drauf und kriegt nicht gleich kalte Füße."

23. Dezember, 23:50 Uhr, bei Baden

Pia hatte einen leichten Schlaf. Da sie schon etwa zwei Stunden tief geschlafen hatte, wachte sie sofort auf, als sie den Schlüssel im Türschloss hörte und Roger in die Wohnung trat. Sie hörte die Kühlschranktür aufgehen und Glas klirren. Nach wenigen Minuten öffnete er leise die Tür zum Schlafzimmer. Pia gab einen Laut von sich. Roger setzte sich an die Bettkante. „Du bist noch wach?" – „Wieder wach." – „Hab ich dich geweckt?" – „Nein, nein, ich habe schon tief geschlafen. Kein Problem." Sie beugte sich vor, um ihm einen Kuss zu geben. In diesem Moment vibrierte ihr Handy auf dem Nachttisch. Rasch griff sie danach. „Ui, Jennifer ist schon Zuhause angekommen. Bei ihnen ist es jetzt wohl etwa sechs Uhr abends. Und sie schreibt etwas von Problemen bei Intersoft." Roger griff nach dem Smartphone und las: „Fox just announced some problems at Intersoft. Website is down and customers in Europe complain about network problems."

Pia fragte: "Weißt du etwas davon?" Roger nickte. „Ja, aber du darfst nichts schreiben, was UCS betrifft. Schreib einfach, dass du morgen etwas antwortest." Er wartete einen Moment, bis sie eine Antwort eingetippt hatte. „Bei uns haben sie vor etwa einer halben Stunde Stufe 4 ausgegeben mit der Option, auf Stufe 3 zu gehen." Pia blickte ihn fragend an. Roger ergänzte: „Das heißt einfach, mehr Leute, mehr Betrieb, keine Ferien, kurze Nächte. Ich muss heute Nacht nicht mehr hin, aber vielleicht geht es morgens um 8 wieder los. Lass uns schlafen." Rasch zog er sich aus, stieg ins Bett und kuschelte sich an sie.

Nach wenigen Minuten wurde sein Atem regelmäßig, aber Pia lag noch lange wach und dachte nach. Schließlich nahm sie ihr Smartphone nochmals zur Hand und schrieb: „I heard about a few companies with network problems. Pls keep eyes and ears open. Sleep well."

23. Dezember, 18:00 Uhr (US Eastern Time), Atlanta

C: doing well. Network traffic low. Some people alerted. Stay on UDP link
Follower R: ok
Follower G: ok. May god be with you
Follower S: ok
Follower B: ok
C: next contact 05:00 UTC

24. Dezember – Heiligabend

24. Dezember, 00:00 Uhr, Bern

Der Minister hatte einen langen Tag gehabt. Am Abend hatten er und seine engsten Mitarbeiter noch ein Glas Wein miteinander getrunken. Nur seine Assistentin und einige Stabs-Mitarbeiter würden am 24. Dezember noch arbeiten. Die anderen hatten sich verabschiedet und ihm schöne Weihnachten gewünscht. Auch er hatte vor, am späteren Nachmittag in seinen Heimatkanton zu seiner Familie zu reisen.

Nun blickte er konsterniert auf die Meldung auf seinem Smartphone:

MELANI - DRINGEND. #735-1. Erhebliche Netzwerkprobleme nach Installation Intersoft-Security-Update KB5236661. Meldungen aus Zürich, Basel, Brüssel, London, Paris, Berlin, Wien, Prag. Teilweise reproduzierbar. Mindestens SWIFT, Paribas und UCS ernsthaft betroffen. Energie negativ. Telco negativ. Transportunternehmen negativ. Intersoft verspricht Revision. Nächste Info 0300 DEZ24.
MELANI - DRINGEND.

Der Minister wusste, dass die gleiche Information an den Nachrichtendienst des Bundes (NDB), andere Regierungsstellen, die Energieproduzenten und -Verteiler, die Flugplätze, die Eisenbahnunternehmen und an große Banken und Industriefirmen sowie die Nahrungsmittelkonzerne gehen würde.

Von Sonntagabend bis Samstagmittag bewohnte er eine geräumige und sehr ruhige Wohnung am Südrand von Bern. Mit dem Auto konnte er jederzeit in wenigen Minuten das Bundeshaus oder die Zentrale des Nachrichtendienstes erreichen. Aber das war jetzt nicht nötig. Er musste warten, bis er nähere Informationen hatte. Wohl konnte er sich mit dem Nachrichtendienst über potenzielle Gefahren und Folgen austauschen. Aber auch dort arbeiteten um diese Zeit nur noch einige Spezialisten.

Der Minister war ein gläubiger Katholik. Er faltete seine Hände und sprach ein kurzes Gebet. Es gab Dinge, die Menschen nicht lösen konnten, und diese pflegte er nach so manchem strengen 18-Stunden-Arbeitstag in die Hände des Allmächtigen zu legen.

Er überlegte nochmals, ob er den Nachrichtendienst anrufen sollte, entschied sich aber dagegen.

24. Dezember, 00:05 Uhr, Zürich Nord

Sein Auftrag war klar, er sollte nur sorgfältig beobachten und Bericht erstatten. Nur im äußersten Fall sollte er selber diskret eingreifen. Der USB-Stick war in seiner Hosentasche. Er wusste, dass ihr Tun böse war. Er wusste, dass er dem Guten folgte. Ohne Gewalt, mit fester Überzeugung.

24. Dezember, 00:10 Uhr, Zürich Nord

Bereits fünf Kollegen waren eingetroffen. Drei davon würden die Ablösung des CERT bilden, zwei waren Spezialisten für Firewalls und Router. Die meisten sahen ausgeruht aus. Einer war von einer Party gekommen und hatte schon einige Gläser Wein intus. Müller war dankbar für die Verstärkung, wollte den Stab aber noch nicht so schnell abgeben. Er erläuterte die Situation und die Vorgänge der letzten Stunden, insbesondere die Probleme bei SWIFT, und was MELANI bereits herausgefunden hatte. Er ließ Matthias genau erklären, wie er den Server auf den früheren Softwarestand zurückgesetzt hatte. Dieser war stolz, für eine Weile im Rampenlicht zu stehen und erklärte ganz genau sein Vorgehen und wie er alles exakt protokolliert hatte.

Müller blickte in die Runde: „Wenn es für euch so in Ordnung ist, werden Fredy Sonderegger und ich noch etwa eine Stunde hierbleiben. Raymond Ganz wird durch Konrad Huonder abgelöst und kann gehen. Matthias, du komplettierst noch deine Aufzeichnungen. Dann kannst du nach Hause gehen. Bitte halte dich ab neun Uhr wieder auf Abruf bereit. Du bekommst ja eh die Nachrichten gemäß Stufe 4. Paul wird deinen Platz einnehmen. Die anderen gehen mal an ihre Plätze und studieren alles, was von MELANI reinkommt, genau. Wir bleiben auf Stufe 4. Den CIO werde ich noch persönlich informieren, bevor ich hier abtrete."

Es war beinahe 00:30 Uhr und Müller startete wiederum die Verbindung zu MELANI. Friedrich Hoyer schien in seinem Element zu sein. Nach kurzer Begrüßung kam er zur Sache: „Wir haben nur noch vereinzelt neue Nachrichten erhalten. Bei der deutschen Postbank scheint es erste Probleme zu geben. Die meisten Meldungen handeln vom eingeschränkten Netzwerkverkehr zu SWIFT. Mit SWIFT sind wir in Kontakt, sie haben inzwischen ein größeres Team beieinander. Allerdings taucht dort alle zehn Minuten irgendein Server ab und reißt wieder ein paar Netzwerkverbindungen runter. Sie haben auf unverdorbene Ersatzsysteme umgeschaltet und sind etwa bei 20 bis 30%."

Müller stieß einen Pfiff aus. „Wow – nicht gerade viel für eine solche Nacht. Für uns ist es jetzt klar, wir schalten auf das Rechenzentrum in Diessenhofen um."

Hoyer nickte zustimmend. „Ja, die in Brüssel werden es ihnen danken. Intersoft hat mit dem Code Review begonnen und versprochen, in wenigen Stunden Bescheid zu geben. Die großen Antivirenhersteller haben die Signatur des Updates und sind an der Arbeit. Sonst ist es relativ ruhig, ich bin aber gespannt, was morgen noch alles reinkommt. Denkt einfach daran, wir können schon Warnungen rausgeben, aber das beschränkt sich hauptsächlich auf unser Land. Was unsere Partnerorganisationen damit machen, liegt nicht in unseren Händen. Solange Intersoft keinen klaren Wein einschenkt oder ein Gegenmittel verteilt, wird es wohl noch eine Weile so weitergehen. Vermutlich haben Tausende von Firmen das Update schon runtergeladen, aber noch nicht installiert, oder es wird heute Nacht zeitgesteuert installiert. Was dann morgen früh abgeht, …"

Müller nickte und sagte sarkastisch: „Ja, lassen wir uns überraschen. Schöne Weihnachten." Er blickte in die Runde. „Ist das für euch in

Ordnung? Keine Fragen?" Alle nickten oder gaben zustimmende Geräusche von sich. „Dann würde ich sagen, wir gehen langsam schlafen und machen um 05:30 Uhr morgens wieder einen Abgleich, wenn das für Sie in Ordnung ist. Unser CERT besteht dann aus Sandra Kuhn, Konrad Huonder und David Oberholzer. Er deutete mit dem Finger auf die Leute. Wenn Sie etwas Neues haben, dann kennen Sie ja unsere Nummer." Er lächelte ironisch. Hoyer verabschiedete sich, wünschte allen viel Erfolg und beendete die Verbindung.

Müller schaute nochmals in die Runde. „Also, ist das für euch gut? Habt ihr noch Fragen zu den Aufzeichnungen von MELANI oder von Matthias und Roger? Alles klar? Gut, dann machen Fredy und ich uns auch langsam auf dem Heimweg. Irgendwo wird ja noch ein Taxi rumstehen. Schaut vor allem die Netzwerkverbindungen genau an. Zögert nicht, auf Stufe 3 zu gehen, wenn irgendwas in den roten Bereich dreht. Herr Hoyer steht euch jederzeit zur Verfügung, wenn ihr Fragen habt." Es fiel ihm nicht leicht, die Übergabe zu machen, obwohl er wusste, dass er lauter hochqualifizierte und äußerst loyale Mitarbeiter vor sich hatte. Aber ihm war auch bewusst, dass er und Sonderegger müde waren, und wenn man müde ist, macht man Fehler oder übersieht wichtige Zusammenhänge. Er hatte gesehen, dass Matthias bereits die Umschaltung auf das SWIFT-Zentrum in der Ostschweiz in die Wege geleitet hatte. Das heißt, er kappte die Verbindungen nach Brüssel, und der Datenverkehr würde in wenigen Minuten über Diessenhofen laufen. Man durfte davon ausgehen, dass Diessenhofen noch sauber war und dass die Leute dort die Meldungen von MELANI und vom Brüsseler Hauptsitz sorgfältig gelesen hatten.

Müller nickte Sonderegger zu und nahm seinen Mantel vom Wandhaken. Er schüttelte Matthias die Hand und bedankte sich herzlich für seinen Einsatz. Auch von allen anderen Kollegen verabschiedete er sich. Er ging mit Sonderegger nach oben und sog gierig die kalte Nachtluft ein. Er tippte eine kurze Nachricht für den CIO in sein Smartphone. Gerne hätte er noch ein wenig mit seinem langjährigen

Kollegen geplaudert oder noch etwas getrunken. Aber nun hatte beide die Müdigkeit überfallen. Sie fanden ein Taxi und ließen sich zuerst zum Wohnort von Sonderegger in der Nähe des Flughafens fahren. Dann fuhr das Taxi weiter nach Embrach, wo Müller seit vielen Jahren ein Haus besaß. Er war geschieden und lebte mit einer Haushälterin, die eine Einliegerwohnung hatte, alleine in dem schön und ruhig gelegenen Haus, nur wenige Kilometer vom Rhein und der deutschen Grenze entfernt. Obwohl es für ihn viel zu groß war, hatte er es bisher nicht übers Herz gebracht, das Haus, wo er nun seit fast dreißig Jahren wohnte, zu verkaufen.

Er ließ sich ins Bett fallen und musste noch eine Weile über alles nachdenken.

24. Dezember, 01:10 Uhr, Zürich Nord

Er schaute sich vorsichtig um. Ja, hier war er am richtigen Ort. Auch wenn er das System hasste, so war er sozusagen in sein Herz eingedrungen. Es war kein Problem gewesen, seine Ausbildung war gut, seine Zeugnisse exzellent. Einen Teil seiner Geschichte hatte er ein wenig frisieren müssen, aber es gab zum Glück keinerlei Strafregistereinträge. Mit solchen wäre er nicht ins Innere des Systems gekommen.

Er dachte zurück, an Deutschland, an seine Lehrer. Sie waren so gut zu ihm gewesen, hatten ihm geholfen, seine Vergangenheit zu bewältigen, seine Sucht, seine Ängste. Und sie hatten ihm die Augen geöffnet, wohin die Welt steuerte, wenn man nicht Sand ins Getriebe streut. Sie hatten ihm kein Geld gegeben, sondern einen guten Freund, der Schritt für Schritt mit ihm ging. Er war jetzt 26. Die Zukunft lag vor ihm. Es würde eine bessere Welt sein, eine gerechtere Welt.

24. Dezember, 03:05 Uhr, Bern

Der Minister schlief tief und fest. Er wusste, dass seine Assistenten ihn jederzeit wecken würden, wenn etwas Besonderes geschah. Darum sah er auch die neue Nachricht auf seinem Smartphone nicht:

MELANI - DRINGEND. #735-2. Weiterhin massive Netzwerkprobleme. Insbesondere SWIFT und Paribas betroffen. Ebenso Banken in England, Holland und Österreich. Andere Kontakte negativ. Intersoft bekräftigt, dass Software-Verhalten nicht beabsichtigt. Antiviren-Hersteller aktiv. Nächste Info 0600 DEZ24. MELANI - DRINGEND.

24. Dezember, 03:30 Uhr, Zürich Nord

Sandra Kuhn war nun die Leiterin des CERT. Sie war stolz, aber auch ein wenig nervös. Sie hatte ihren Master in Informatik mit Schwerpunkt Netzwerktechnik gemacht und arbeitete nun seit etwas mehr als drei Jahren bei der Großbank UCS. Sie verstand sich gut mit Karl Müller, aber den CIO hatte sie erst zwei Mal kurz gesehen. Sie hoffte, sich nicht vor ihm verantworten zu müssen. Müller hatte ihr in letzter Zeit diverse Spezialaufgaben zugewiesen. Sie hatte auch eine zweiwöchige Weiterbildung bei MELANI absolvieren dürfen und sich dort ein wenig mit Veronica Meissner angefreundet.

Obwohl die Netzwerkverbindungen nach Brüssel sozusagen ins Leere liefen, wurden sie nach wie vor auf dem Überwachungsmonitor dargestellt. Viele Linien wechselten alle paar Minuten von grün nach rot, dann auf gelb, dann wieder für einige Minuten auf grün. Von Zürich nach Diessenhofen war alles grün. Würde es so bleiben? Konrad hatte die neuen Antiviren-Signaturen von Kaspersky Labs geladen und auf die potenziell betroffenen Server verteilt. Sandra hatte die Meldungen von MELANI mehrmals konzentriert durchgelesen. Wie würde diese Nacht enden? War es die Ruhe vor dem Sturm?

Draußen hatte Schneefall eingesetzt. Im Flachland wurde bis zu 20 cm Neuschnee erwartet, in den Bergen bei starkem Nordwestwind in vielen Landesteilen 40-60 cm.

Sandra vertiefte sich nochmals in die Aufzeichnungen von Matthias und Roger. Roger, mit dem sie oft Mittagessen ging, hatte ausgezeichnete Arbeit geleistet, die Meldungen der Firewalls analysiert und seine Schlussfolgerungen exakt aufgeschrieben.

Sie hatte zwei Thermoskannen voll Kaffee und einen großen Sack Buttergipfel kommen lassen, um die Leute bei Laune zu halten. Von Zeit zu Zeit blickte sie zu dem jungen Kollegen hinüber, den sie noch kaum kannte. Wie war doch sein Name?

Konrad blickte zu ihr hinüber und gab ein Handzeichen. Rasch ging sie zu seinem Arbeitsplatz. Er zeigte auf Netzwerkprobleme auf dem Bildschirm. Leise sagte er: „Es sieht jetzt so aus, dass das SWIFT-Zentrum in Diessenhofen auch Probleme kriegt. Mindestens ein Server hat sich abgemeldet und die Netzwerkverfügbarkeit geht dramatisch runter, wie bei den anderen Rechenzentren. Das sieht ganz schlecht aus. Entweder sind sie von anderen SWIFT-Rechnern oder von uns angesteckt worden."

Sandra nickte und machte sich ein paar Notizen.

24. Dezember, 05:15 Uhr, Zürich West

Das Telefon riss Sven Odermatt aus tiefem Schlaf. Er hatte gestern mit einigen Freunden bis in die Nacht gefeiert. Weil er fahren musste, war er mit Alkohol zurückhaltend gewesen, schlussendlich war er kurz nach ein Uhr nachts ins Bett gefallen.

„Mmh?"

„Hallo Sven, es tut mir sehr leid, dass ich dich wecken muss, aber wir haben hier ein größeres Problem." Es war die Stimme seines langjährigen Kollegen, welcher seit kurzem die Teamleitung Risk & Security im IT-Bereich von Micop übernommen hatte. „Wir haben da ein dringendes Update verteilt und das spielt jetzt irgendwie verrückt. Es kommen ständig irgendwelche Fehlermeldungen. Es gibt einige Infos im Netz, dass mit diesem Update irgendwas faul ist und dass Intersoft eine Korrektur bereitstellen wird."

Odermatt war inzwischen aufgestanden und Richtung Kaffeemaschine getaumelt. Inzwischen war sie schon aufgewärmt und ein doppelter Espresso tropfte in seine Tasse.

„Und was macht ihr jetzt?"

„Wir versuchen, den Softwarestand der wichtigsten Server auf den Stand von gestern Abend zurückzusetzen. Ich bitte dich aber, wenn möglich herzukommen. Du weißt ja wie das Geschäft heute läuft. Wenn das Zeug unsere Filialen runterreißt, dann laufen die Amok – und unser Telefon heiß."

Für Odermatt war es klar, dass hier rasches und überlegtes Handeln notwendig war. Er hatte bereits sein immer griffbereites Notebook aufgeklappt und sich mit einer Hand ins interne Netz eingeloggt. Bereits dieser Vorgang brauchte viel Zeit, was normalerweise eine Frage von wenigen Sekunden war, dauerte etwa eine halbe Minute.

„Okay, ich bin etwa in einer halben Stunde bei euch. Muss noch meinen Kaffee trinken und ein paar Aspirin schlucken."

Odermatt spürte, wie sein Kollege aufatmete. „Vielen Dank, Sven. Ich weiß das sehr zu schätzen, dass du uns nicht im Stich lässt."

24. Dezember, 05:30 Uhr, Zürich Nord

Der nächste Abgleich mit MELANI stand an. Die Stunden in der Nacht waren im Kontrollraum einigermaßen ruhig verlaufen. Konrad hatte mehrere Server ganz genau untersucht, die Installations-Protokolle, die Netzwerk-Fehlermeldungen, und vieles andere. Die Netzwerk-Monitore zeigten, dass SWIFT in Brüssel nach wie vor mit großen Problemen kämpfte. Die Netzwerkleistung von SWIFT schwankte zwischen etwa 20 und 40 Prozent der gewohnten Kapazität. Diessenhofen hatte knapp 50 Prozent. Das reichte nicht, um den ganzen Verkehr der angeschlossenen Banken zu bewältigen. Viele Schweizer Banken hatten gleich reagiert wie UCS und ließen nun einen Teil oder den ganzen Datenverkehr über das neue SWIFT-Rechenzentrum in Diessenhofen laufen.

Konrad und die anderen Kollegen machten ein paar Witze über den amerikanischen Geheimdienst und russische Hacker. Sandra wusste genau, dass Diessenhofen unter anderem deshalb in Betrieb gegangen war, weil Unklarheit darüber bestand, welche Zugriffe die amerikanischen Geheimdienste auf die SWIFT-Computer in Brüssel hatten. Weil die Schweizer Banken einem schweizerischen Rechenzentrum und dem schweizerischen Datenschutzgesetz grundsätzlich eher vertrauten als einem großen Netzwerkdienstleister in Brüssel, war für sie Diessenhofen im Kanton Thurgau ein beruhigender Name. Infolge von Kapazitätsengpässen lief im Normalfall aber noch immer ein Teil des Datenverkehrs über Brüssel.

Sandra hatte sich einen guten Überblick über die gesamte Lage machen können. Sie schaltete die Übertragung zu MELANI ein.

Hoyer wirkte inzwischen ziemlich müde. Auf ein Nicken von Sandra begann er zu sprechen: „Also, liebe Leute, hier geht jetzt die Post ab. Ein Lebensmittel-Großverteiler hat das Update gestern Abend geladen und seit zwei Uhr morgens im gesamten Netz verteilt. Nun sieht es etwa so aus wie bei SWIFT, die Netzwerkverbindungen spielen verrückt. Die Server tauchen immer wieder mal ab. Weil sie während der Nacht nur minimalen Support haben, haben sie das Problem etwa um fünf Uhr entdeckt. Nun sind sie am Kämpfen. Die großen Filialen sind bereits offline gegangen. Sie können die meisten Funktionen lokal oder im Verbund zwischen einzelnen Filialen anbieten, aber stellt euch mal vor, was heute in den Läden abgeht. Wir schalten da mal eine Stufe hoch. Erfahrungen aus anderen Ländern haben gezeigt, dass nach etwa vier Stunden Stromausfall die ersten Plünderungen beginnen. Die Stromversorgung ist zum Glück stabil, aber man kann nie wissen, was noch kommt. Wir analysieren auch die Wetterlage und die Prognosen bis am 26., um hier auf der sicheren Seite zu sein."

Sandra war ein bisschen bleich geworden. Sie hatte mal in einem Praktikum bei einer Tochterfirma eines Großverteilers gearbeitet und wusste, zu welchen Situationen längere Netzwerkunterbrüche oder Datenbankprobleme führen konnten.

„Was bedeutet das für uns? Ich überlege mir schon die halbe Nacht, ob ich bald auf Stufe 3 gehen soll. SWIFT sieht gar nicht gesund aus, und die sind jetzt auch schon seit Stunden dran. Auch Diessenhofen hat Probleme. Was sagt denn Kaspersky? Und gibt es Neuigkeiten von Intersoft?"

Hoyer wiegte den Kopf. „Kaspersky hat etwas zur Verfügung gestellt, wir testen es im Zoo. Bei Intersoft ist es jetzt später Abend, sie schreiben im KB-Artikel, dass etwa um fünf Uhr morgens eine neue Version des Updates zur Verfügung stehen wird. Das heißt für uns … um 14 Uhr."

Sandra unterdrückte einen Kraftausdruck. Das hieß noch den ganzen Vormittag warten. Für die Bank mochte das gehen, weil tagsüber am 24. Dezember nicht mehr so viel laufen würde, und weil sie den Zahlungsabgleich mindestens verlangsamt über das SWIFT-Rechenzentrum in Diessenhofen abwickeln konnten. Aber der Großverteiler?

„Also, ich denke, wir werden präventiv auf Stufe 3 gehen. Dann werden automatisch mehr Leute aufgeboten. Falls wir noch ein paar Nachtschichten vor uns haben, ist es besser, ausgeruhte Leute hier zu haben. Auch wenn sie Weihnachten hier verbringen müssen. Das ist ihr Job."

Hoyer nickte: „Ja, ich denke, das ist vernünftig. Bei uns wird heute auch einiges abgehen. Um acht kommt dann Frau Meissner wieder. SWIFT behalten wir im Auge. Wir sind auch mit einer französischen und einer englischen Bank in Kontakt. NDB und Chef VBS sind informiert."

Seine knappe Sprache verriet, wo er herkam.

Sandra dankte ihm und vereinbarte die Zeit für den nächsten Abgleich mit ihm.

Sowohl MELANI als auch UCS und die anderen angeschlossenen Großunternehmen und Energiebetreiber konnten jederzeit in einem geschlossenen Netz Nachrichten austauschen. Es war üblich, keine Namen von Firmen zu nennen, aber Sandra konnte sich gut vorstellen, welcher Großverteiler betroffen war.

24. Dezember, 00:00 Uhr (US Eastern Time), Atlanta

Alles war gut gelaufen bisher. Dies war nur der Auftakt. Die Welt würde lernen müssen, dass sie auf wackligen Beinen stand. Harte Arbeit lag hinter ihnen. Nun würden sie die Früchte sehen. Es ging nicht um Geld. Auch wenn er in letzter Zeit Put-Optionen auf europäische Firmen gekauft hatte, so war das nur eine kleine Belohnung für seine Mühe. Es ging nicht um Macht. Es ging darum, die Welt zu retten. Ihnen die Augen zu öffnen.

Er begann zu tippen.

> *C: everything well. traffic low. distribution as planned*
> *Follower R: ok*
> *Follower G: ok*
> *Follower S: ok*
> *Follower B: ok, looks good*

24. Dezember, Morgen

24. Dezember, 06:00 Uhr, Bern

Das Smartphone vibrierte mehrmals.

**MELANI. #735-3A. KLASSIFIZIERUNG GEHEIM.
Netzwerkprobleme weiten sich aus. Neben Banken nun
Micop betroffen. Filialen offline. SWIFT unstabil. CERT
Brüssel aktiv. Andere Kontakte negativ. Intersoft ver-
spricht Korrektur bis 1400 MEZ. Antiviren-Signatur im
Test. Nächste Info 0900 DEZ24.
MELANI. KLASSIFIZIERT.**

Der Minister war wie jeden Morgen um Viertel vor sechs aufge-
wacht. Er hatte sich einen starken Kaffee gemacht und sein Tablet
nach internationalen Nachrichten, dem Bulletin des Nachrichtendienstes und neuen Meldungen von MELANI durchsucht. Die meisten Nachrichten kamen über eine mehrfach verschlüsselte Verbindung hinein. Auch sein WLAN in der Dienstwohnung war sozusagen NSA-sicher. Aber um diese Dinge musste er sich zum Glück
nicht kümmern. Er wusste aus einigen MELANI-Nachrichten, dass
Friedrich Hoyer diese Nacht Dienst gehabt hatte. Er kannte Hoyer
aus Offiziers-Kursen, die er vor vielen Jahren absolviert hatte. Hoyer
war der richtige Mann für solche Dinge, er verlor nicht die Nerven
und wusste, wie und wen man zu informieren hatte. In solchen Mo-
menten war der Minister dankbar für die Miliz-Armee der Schweiz
und für die vielen jungen Männer und auch Frauen, die freiwillig die
Offizierslaufbahn ergriffen und später zum Teil Berufsoffiziere im
Generalstab wurden.

Er hatte keine nähere Beziehung zu Hoyer, aber, einem Impuls fol-
gend, griff er zum Telefon und wählte die fünfstellige interne Nummer von MELANI. Eine weibliche Stimme meldete sich.

„Guten Morgen, hier spricht der Chef VBS." Er spürte, wie die Frau
am Telefon Haltung annahm. Sie musste bereits anhand der internen

Nummer gesehen haben, aus welchem Departement der Anruf kam. „Guten Morgen, was kann ich für Sie tun?"

„Geben Sie mir bitte Herr Hoyer, falls er da ist." – „Selbstverständlich, nur einen Moment bitte."

Nach wenigen Sekunden meldete sich die tiefe Stimme: „Hoyer, MELANI." – „Hallo Fritz, hier ist Guy. Wir sind uns glaube ich 99 begegnet, weißt du noch?" – „Ja klar, 99 und dann wohl 02 noch mal in der großen Generalstabsübung." – „Genau. Wie geht es euch?" – „Na ja, du hast ja die Nachrichten gesehen. Die Nacht war relativ ruhig, aber jetzt geht es bei Micop los, und die tun mir wirklich leid. Aber wenn das Update von Kaspersky gut ist, können wir in kurzer Zeit eine Meldung auf allen Kanälen verbreiten, dass sie rasch möglichst die Virenprüfung aktualisieren. Die anderen großen Hersteller werden in Kürze nachziehen."

Der Minister überlegte einen Moment. „Hast du irgendwelche Informationen von den befreundeten Diensten, was da dahintersteckt? Ich glaube nicht, dass die bei Intersoft so blöd sind und solche Dinge rausgeben. Also wurden sie gehackt. Ich habe in den Nachrichten von drüben gelesen, dass die Webseite von Intersoft einige Zeit unten war und dass sie irgendwelche nichtssagenden Communiqués rausgegeben haben."

„Ja, da bist du auf der richtigen Spur. Wir haben etwas vom BND, dass irgendeine anonyme Organisation schon seit einiger Zeit Intersoft attackiert. Sie vermuten aber, dass da auch Leute mittendrin stecken. Über die Netze kann man vieles machen, aber die richtigen Leute an den wichtigen Orten zu haben, war schon immer eine gute Taktik."

Der Minister nickte langsam. „Gut. Vielen Dank dir, dass du die Augen und Ohren offenhältst. Du kannst mich jederzeit erreichen. Ich werde heute etwa um vier nach Hause fahren, aber ich bin ja verkabelt. Und wenn nötig, bin ich in eineinhalb bis zwei Stunden wieder hier."

Sie verabschiedeten sich mit herzlichen Worten und guten Wünschen.

Der Minister bereitete sich seinen zweiten Kaffee an diesem frühen Morgen zu.

24. Dezember, 06:10 Uhr, Zürich West

Sven Odermatt war kurz vor sechs Uhr im Rechenzentrum von Micop eingetroffen und hatte seine Kollegen begrüßt. Weil der Großverteiler organisatorisch relativ komplex aufgebaut war, bestand erst seit wenigen Jahren ein kleines Team von hochqualifizierten Spezialisten für Informatik-Sicherheit. Odermatt war früher mit anderen Aufgaben betraut gewesen, hatte sich aber stetig weitergebildet. Weil Micop als systemkritisch eingestuft war, erhielten sie Tag und Nacht die Meldungen von MELANI. Diese waren ziemlich klar. Odermatt wusste, dass ihm und seinen Kollegen viel Arbeit bevorstand. Sie mussten die zentralen Server des Konzerns überprüfen. Danach konnten sie testweise einzelne größere Filialen wieder aufschalten und die Netzwerkverbindungen prüfen. Schließlich mussten sie sicherstellen, dass keine Server in den Filialen dieses seltsame Security-Update installiert hatten. Sonst konnten unter Umständen die Kassensysteme ganzer Filialen zusammenbrechen, und dies wollte sich niemand lebhaft vorstellen. Am letzten Tag vor Weihnachten pflegten die Leute panikartig einzukaufen, es gab viele Rabatte und Ausverkäufe in den Fachmärkten. Viele deckten sich mit Lebensmitteln für die Ferien ein. Wenn die Kassensysteme vom Netz gingen und keine alternativen Verbindungen zur Verfügung standen, konnte man nur noch mit Bargeld bezahlen. Die Weihnachtsstimmung würde rasch in Wut umschlagen. Die Geschäftsleitung würde unangenehme Fragen stellen, obwohl gerade sie vor ein paar Jahren nur zögernd das Budget für den Aufbau des Security-Centers unterschrieben hatten.

24. Dezember, 06:10 Uhr, Zürich Nord

Es war ganz einfach gewesen. Er hatte etwas von Toilette gemurmelt und war für ein paar Minuten nach oben gegangen. Zwar hatten sie auch unten Handy-Empfang, aber er wollte kein Risiko eingehen, auch wenn er nur einige Nachrichten lesen und wenige Buchstaben eintippen musste. Alles lief nach Plan. Wenn man auf der richtigen Seite war, musste es so sein. Selten in seinem Leben hatte er sich so stark gefühlt.

Nun war die Zeit da, wo er etwas Großes tat, wo er es ihnen zeigen würde, diesen Geldhaien, diesen Bonusjägern, denen die Gier in den Augen stand.

24. Dezember, 06:30 Uhr, Bern

Hoyer hatte sich mit drei Experten in den kleinen Besprechungsraum zurückgezogen.

Nebenan war der „Zoo", wo wohl 50 Computer Tag und Nacht liefen. Die Besonderheit des Zoos war, dass keiner dieser Computer jemals mit dem Internet verbunden war. Updates wurden auf einem separaten, besonders abgesicherten Computer in einem anderen Gebäudeteil geladen und dann mit einer ebenfalls gesicherten Festplatte in den Zoo gebracht.

Das Internet wurde durch einige Computer im Zoo simuliert, welche sämtlichen Datenverkehr der übrigen Computer aufzeichneten und auch Web-Anfragen und E-Mails simulieren konnten.

Hoyer dankte den Experten für ihre Arbeit und nickte ihnen zu, damit sie ihre Ausführungen beginnen konnten.

Einer der jüngeren Spezialisten, den er flüchtig kannte, ergriff das Wort: „Wir haben um etwa 04:30 Uhr die aktuellen Signaturen der zwei größten Antivirenhersteller geladen und gründlich getestet. Anfänglich wurden alle unerwünschten Aktivitäten des Updates gestoppt und alle Verbindungen waren stabil. Aber bereits etwa nach einer Stunde hat das Ding vermutlich eine Variante von sich selbst auf einen anderen Server geschickt. Dort wurde es als Security-Update erkannt, geladen und nach dreißig Minuten hat sich der Server autonom neu gestartet. Wir gehen davon aus, dass das Update automatisch die Zeit für den Neustart und die Installation setzt, diese aber nicht immer gleich ist. In der Nacht haben wir Zeiten zwischen

20 Minuten und 4 Stunden beobachtet." Er wollte noch weiterfahren, aber einer seiner Kollegen unterbrach ihn: „Das heißt, es ist ein polymorpher Trojaner, den uns Intersoft zu Weihnachten beschert hat. Na schön, America first. Hauptsache, wir haben die Probleme und nicht sie selbst."

Hoyer runzelte die Stirn. Die Experten hielten mit ihrer Meinung über politische Strömungen selten zurück. Er räusperte sich: „Meine Herren, vielen Dank für Ihre Ausführungen. Wir kommen gerne später noch auf die Details. Wir haben zuverlässige Informationen von befreundeten Diensten, dass Intersoft gehackt oder infiltriert worden ist. Und zwar nicht nur seit ein paar Tagen, sondern seit mehreren Monaten. Falls irgendeiner dort an der Quelle sitzt und die Updates prüft oder freigibt und nachher alle Spuren verwischt, dann haben sie ein Problem. Und das hat nichts mit America first zu tun, es hat vielleicht mit Terrorismus oder etwas Schlimmerem zu tun."

Die Experten schwiegen einen Moment. Dann ergriff der Jüngere wiederum das Wort: „Es ist jedenfalls nichts aus der Trickkiste irgendeines Jünglings oder eines Kollegen aus dem Osten. Da sind Monate Arbeit dahinter. Ich nehme an, dass es aufgrund von IP-Adressen oder DNS-Namen selektiv Ziele angreift. Dass es von UCS genau auf SWIFT übergesprungen ist, ist kein Zufall. Und dass es bei Micop losgeht und nicht bei einem Tante-Emma-Laden, ist auch kein Zufall. Ich gebe Herr Hoyer recht, da steckt Planung und Strategie dahinter."

Hoyer hatte nicht alles genau verstanden, aber er wusste, dass aufgrund der IP-Adresse jeder Computer oder Router einer Organisation oder einer Firma und in der Regel einem bestimmten Land zugeordnet werden konnte. Und wenn ein Virus DNS-Namen analysierte, konnte er selektiv zum Beispiel ‚ucs.com' oder ‚ch.ucs.com' attackieren und dafür ‚sbb.ch' in Ruhe lassen.

Hoyer blickte in die Runde, ob es noch etwas zu ergänzen gab. Zwei der Experten tuschelten miteinander irgendetwas. Hoyer bedankte sich nochmals und stand auf. Die Besprechung war geschlossen.

Er musste nicht lange überlegen. Er setzte sich an seinen Arbeitsplatz und tippte rasch die folgende Meldung:

MELANI. #735-4A. KLASSIFIZIERUNG GEHEIM. Zwischeninfo: Netzwerkprobleme bestehen weiterhin. Erhebliche Probleme bei Micop, UCS und SWIFT. Experten bestätigen Malware mit böswilliger Absicht. Antiviren-Produkte haben wenig Wirkung. Nächste Info 0900 DEZ24. MELANI. KLASSIFIZIERT.

Sobald eine Meldung als vertraulich oder geheim klassifiziert war, konnten nur wenige autorisierte Stellen die Meldung lesen. Für die angeschlossenen Firmen wurden jeweils separate Meldungen verfasst, die unter Umständen weniger Details enthielten, oder MELANI gab dann den Firmen telefonisch Auskunft.

Deshalb tippte er gleich noch eine nicht klassifizierte Meldung:

MELANI. #735-4. Netzwerkprobleme bestehen weiterhin. Erhebliche Probleme bei einem Großverteiler. Experten bestätigen Malware mit böswilliger Absicht. Nächste Info 0900 DEZ24. MELANI.

Auch MELANI konnte Verstärkung und Spezialisten aufbieten. Das war in diesem Fall aber kaum nötig. Eine Anzahl Experten war beim Nachrichtendienst sowieso Tag und Nacht verfügbar. Der Großverteiler würde seine Probleme weitgehend selber lösen müssen. Der Minister war informiert. Außerdem gab es immer eine Anzahl Berufs- und Zeitsoldaten, die man via Generalstab für unterstützende Aufgaben anfordern konnte. Mindestens einige von ihnen würden die Abwechslung sogar willkommen heißen.

Aber um dies zu entscheiden, musste Hoyer noch ein bisschen nachdenken und vielleicht später nochmals mit dem Minister telefonieren.

24. Dezember, 07:20 Uhr, Zürich Nord

Sandra Kuhn hatte alle Nachrichten von MELANI und auf den offenen Kanälen sorgfältig gelesen. Die Meldungen aus den Vereinigten Staaten waren, wie erwartet, dürftig und wenig aussagekräftig. Sie vermutete, dass MELANI bessere Informationen vom Schweizerischen oder von befreundeten Nachrichtendiensten hatte. Im Fortbildungskurs hatte sie gelernt, dass die Schweiz als neutrales Land einen recht guten Austausch mit verschiedenen ausländischen Nachrichtendiensten pflegte. Allerdings hatte sich auf politischer Ebene das Klima ein bisschen abgekühlt. Aber die Experten auf verschiedenen Gebieten arbeiteten nach wie vor ziemlich eng zusammen. Letztlich war es immer ein Geben und Nehmen.

Für sie war es klargeworden, dass sie auf Stufe 3 gehen sollte. Wenn sich das Problem derart ausweitete, musste sie präventiv agieren. Hier waren frische und ausgeruhte Kollegen nötig, welche sich allenfalls bis Neujahr ablösen konnten. Sie brauchte Leute, welche Nachrichten für die Website der Bank, für die Medien und für Partnerbanken verfassten. Der Tenor würde überall sein: „Wir haben die Lage unter Kontrolle. Wir arbeiten daran und werden weiter informieren." Auch eine Analyse der Lage auf den internationalen Märkten und bei den Börsen war essentiell. Vom 27. Dezember an würden viele Kunden noch Wertpapiere kaufen oder verkaufen wollen. Wenn es nicht gelang, alle diese Aufträge vor Jahresende abzuwickeln, würden manche Kunden ihren Beratern zornige E-Mails schreiben.

Für alle diese Arbeiten brauchte es Zeit und ausgeruhte Köpfe. Sie blickte auf ihre Uhr. Um acht Uhr würde sie auf Stufe 3 gehen. Den CIO würde sie persönlich oder via Karl Müller benachrichtigen.

24. Dezember, 07:25 Uhr, Zürich Nord

Er hatte sie genau beobachtet. Sie schien sehr überlegt und sachlich zu handeln. Ihm war es letztlich egal.

Sie würden ihr Ziel erreichen. Das System war korrupt und von Würmern zerfressen. Er musste lächeln. Der Trojaner funktionierte im Wesentlichen wie ein Computer-Wurm, nur viel besser und widerstandsfähiger. Und das war erst der Anfang. Das System würde an seinen eigenen faulen Früchten zugrunde gehen. Es musste so sein. Es war alles im Plan.

24. Dezember, 01:30 Uhr (US Eastern Time), Atlanta

Er war zufrieden. Alles lief nach Plan. Er konnte sich ruhig einige Stunden hinlegen. Die Followers in Europa machten gute Arbeit. Und der Mann bei Intersoft hatte alles genau wie geplant vorbereitet und im richtigen Moment zugeschlagen.

Er schaute noch schnell die Aktienkurse auf den internationalen Märkten an. Einige Großbanken hatten bereits um 2-3% nachgegeben. Die Put-Optionen würden in die Höhe schnellen. Heute war auf den meisten Märkten der letzte Handelstag. Er würde am Nachmittag einiges verkaufen. Seine Belohnung! Wenn man am Schalthebel der Macht saß, juckte es einen, auch noch etwas daran zu verdienen. Aber es ging nicht ums Geld. Das System musste erkennen, dass es ausgedient hatte. Wenn das System am Ende war, konnte der Erlöser kommen. Alles würde gut werden. Er würde niemandem schaden. Die Entwicklungsländer würden letztlich profitieren. Die Menschen in Europa und seiner Heimat mussten einsehen, dass sie auf dem falschen Dampfer waren.

Zufrieden legte er sich hin. Er spürte tief in sich die Stimme, die ihm sagte, dass er auf dem richtigen Weg war und dass jetzt die Zeit des Triumphs über das Böse gekommen war.

24. Dezember, 07:30 Uhr, nahe Baden

Pia war gut gelaunt erwacht. Roger schlief noch tief und fest. Sie gönnte es ihm und sprang unter die Dusche. Dann machte sie Kaffee und schob einige Brötchen in den Ofen. Der Duft des Kaffees und der Brötchen würde Roger aufwecken.

Im Wohnzimmer war ein Berg Geschenke unter dem Weihnachtsbaum aufgehäuft. Heute würden sie einen schönen Tag mit ihren Eltern haben. Hoffentlich musste Roger nicht wieder in die Bank. Sie blickte auf ihr Smartphone. Es gab drei neue Meldungen von Jennifer.

„Fox + CNN report Intersoft faces major problems. Possibly hacked. CEO gives conference at 9 am."

„Asked some friends about interesting news."

„Everything well here. Going to sleep. Have a good time. C U."

Die Nachrichten waren etwa um Mitternacht Lokalzeit abgesetzt worden. Jennifer hatte wohl im Flugzeug einige Stunden geschlafen und war voll fit nach Hause gekommen. Pia schrieb eine kurze Nachricht und kümmerte sich dann um den Kaffee und die Brötchen. Roger hatte sich einige Mal im Bett umgedreht.

24. Dezember, 08:15 Uhr, Bern

Hoyer hatte aufmerksam die zur Verfügung gestellten Nachrichten befreundeter Nachrichtendienste gelesen, soweit sie ihm zur Verfügung standen. Eine Quelle beim deutschen Nachrichtendienst war ihm ins Auge gesprungen. Es handelte sich um einen Abteilungsleiter, einen Offizier im gleichen Grad wie er, den er von früher ziemlich gut kannte.

Obwohl nicht NATO-Mitglied, hatte die Schweiz in den vergangenen Jahren sowohl bei Übungen als auch bei Forschungsaktivitäten der NATO immer wieder mal mitgemacht oder wichtige Beiträge geleistet. Diese Aktivitäten dienten einerseits dem gegenseitigen Erfahrungsaustausch wie auch der Stärkung einer partnerschaftlichen Beziehung, da die Schweiz mit Ausnahme des Fürstentums Liechtenstein und Österreichs von lauter NATO-Mitgliedsländern und sogar einer Atommacht umgeben ist. Bei tage- und nächtelangen Stabsübungen werden Freundschaften gebildet, die manchmal über viele Jahre anhalten, auch wenn man sich nicht dauernd sieht.

Kurz entschlossen griff Hoyer zum Telefonhörer und wählte die Hauptnummer des deutschen Nachrichtendienstes. Da er früher auch für den schweizerischen Nachrichtendienst gearbeitet hatte, würde er ein bisschen schummeln, weil MELANI möglicherweise kein Begriff für die dortige Zentrale war.

Er wurde rasch durchgestellt und sagte in seinem besten Hochdeutsch: „Hallo Kurt, hier spricht Friedrich Hoyer aus Bern. Bitte entschuldige die Störung. Erinnerst du dich an mich?"

Die klare Stimme am anderen Ende sagte: „Selbstverständlich, ihr Schweizer wart ja bei unseren Übungen fast zuvorderst dabei." Dies war eine leichte Übertreibung und ein freundschaftlicher Scherz, der die Atmosphäre sofort lockerte.

„Kurt, ich will dich am Vorweihnachtstag nicht mit dienstlichen Dingen belästigen, aber wir haben da ein echtes Problem, das sich nicht auf die Schweiz beschränkt. Mindestens eine Großbank und ein Lebensmittel-Großverteiler kämpfen mit massiven Netzwerkproblem. Aber auch SWIFT und ausländische Banken sind betroffen. Ich nehme an, du weißt davon."

„Freilich, heute Morgen quollen die Bulletins nur so über von neuen Nachrichten aus der Bankenwelt, von Intersoft und weiß ich woher. Das beschäftigt uns hier durchaus ein wenig, auch wenn bisher bei uns noch keine Großverteiler betroffen sind. Möglicherweise hat die Deutsche Bahn etwas eingefangen, aber da sind wir noch am Klären. Definitiv betroffen sind die Postbank und diverse Großbanken, auch internationale. Bin aber erst vor 20 Minuten hier eingetroffen und habe noch einen Berg Papier vor mir."

Hoyer forschte weiter: „Und hast du Informationen dazu? Aus unserer Sicht ist klar, dass Intersoft entweder gehackt wurde, oder dass ein faules Ei dort sitzt und Software reinschmuggelt, die seltsame Dinge treibt. Und unsere Spezialisten sagen, das sei kein Trojaner, den man für fünf Dollar kaufen kann, sondern etwas Professionelles."

„Ja, das kann ich bestätigen, das habe ich auch gelesen aus unserer Fachabteilung. Woher es kommt, ist schwierig zu sagen. Ein befreundeter Dienst weist auf mehrere Attacken gegen Intersoft hin, die von einer eher kleinen Gruppe hochspezialisierter IT-Cracks gefahren wurden, etwa seit zwei oder drei Monaten. Die Vorbereitungszeit könnte noch erheblich länger gewesen sein. Mmh, lass mich mal schauen … also da steht was von einer extremen Gruppe. Nein, nichts aus dem Nahen oder Mittleren Osten. Sie tippen eher auf Südstaaten USA, könnte aber auch Mittelamerika sein. Herkunft und Ziele sind nicht klar. Die Organisation, wenn es denn eine ist, scheint aber weltweite Kontakte zu haben. Mehr ist da aber nicht drin. Aber ich kann noch einige Leute kontaktieren, die heute und morgen keinen Feiertag haben, wenn du verstehst, was ich meine.“

Es war ein Hinweis, um welchen befreundeten Dienst es sich handelte, aber kein Profi würde am Telefon den Namen dieses Dienstes nennen.

Hoyer antwortete: „Tönt interessant. Ich werde dies ohne Quellenangabe mal unseren Freunden stecken. Vielleicht wissen sie ja auch etwas dazu. Wollen wir in Kontakt bleiben? So zwischen guten Kollegen, ohne Dienstweg?“

„Ja klar, ich stehe dir gerne zur Verfügung. Ich arbeite heute etwa bis vier Uhr am Nachmittag. Du kannst mich aber auch Zuhause erreichen. Bitte ruf aber auf diese Nummer an, ich werde eine Nachricht hinterlassen, dass sie dich entweder durchstellen oder mir eine Nachricht schreiben, dann rufe ich dich zurück. Deine Nummer habe ich notiert.“

Hoyer bedankte sich für die wertvolle Hilfe und hängte auf. Er überlegte eine Weile, ob er eine weitere klassifizierte Nachricht schreiben sollte, entschied sich aber dagegen. Die Informationen waren noch zu dünn. Sein Kontaktmann würde wohl rasch an gute Informationen rankommen, diese könnte er später dann verwerten.

Hoyer lehnte sich zurück und dachte nach. Er war nun recht müde, aber sein Gehirn lief immer noch auf Hochtouren. Die Schweiz hatte in vielen Bereichen einen hohen Sicherheitsstandard und verfügte über viele gut ausgebildete Leute. Doch seit einigen Jahren warnten viele Experten, dass sowohl PCs als auch die Computer in den Netzwerken äußerst anfällig für Attacken waren. Diese konnten entweder von großen kriminellen Organisationen, oder auch von politischen oder terroristischen Gruppen stammen. Am gefährlichsten war Schadsoftware, die sich einfach überall einnistete und erst am Tag X ihre Aktivität entfaltete.

Hoyer war beinahe sechzig Jahre alt. In zwei oder drei Jahren würde er in Pension gehen. Er hatte nicht erwartet, dass er eine Attacke solchen Ausmaßes hautnah erleben würde. Aus persönlichen Gründen hatte er die militärische und nachrichtendienstliche Tätigkeit hinter sich gelassen und sich für eine Führungsfunktion bei ME-LANI beworben. Aber seine Erfahrungen und Kontakte von früher kamen ihm nun zugute.

24. Dezember, 08:30 Uhr, Zürich Nord

Müller und Sonderegger waren kurz nacheinander im Kontrollraum der Bank erschienen. Sonderegger wirkte ausgeschlafen und – den Umständen entsprechend – gut gelaunt. Müller schien nicht so gut gelaunt, und seine Haare waren immer noch gleich zerzaust wie in der Nacht. Sandra überlegte, dass er wohl höchstens sechs Stunden geschlafen hatte und die Last der Verantwortung auf seinen Schultern spürte. Vielleicht hatte er auch noch mitten in der Nacht mit dem CIO konferiert.

Sie setzte sich für etwa zwanzig Minuten mit beiden zusammen und erläuterte alle Vorkommnisse dieser Nacht, auch einige neuere Infos von MELANI und Nachrichten, welche SWIFT aufgeschaltet hatte. Sie ging bereitwillig auf alle Fragen ein und erklärte ausführlich, warum sie auf Stufe 3 gegangen war. Der CIO hatte sich noch nicht gemeldet, aber sie gingen davon aus, dass er im Laufe des Vormittags vorbeischauen würde. Bei Stufe 3 wurde automatisch die ganze Geschäftsleitung der Bank benachrichtigt, sie konnten jederzeit über eine verschlüsselte Verbindung eine Videokonferenz starten, egal an welchem Punkt der Erde sie sich gerade aufhielten. Müller versicherte ihr, dass er wieder mit dem CIO sprechen würde, und dass sie sich keine Gedanken über dessen Reaktion machen müsste.

Sonderegger hinterfragte stirnrunzelnd die Wirkung der Antivirensoftware. In Gedanken kam er rasch zu den gleichen Schlussfolgerungen wie die Experten bei MELANI. Gute Antivirensoftware erkennt Computerviren, oder allgemeiner gesprochen, Schadsoftware einerseits an bestimmten Programmabschnitten, andererseits an bestimmten charakteristischen Mustern im Netzwerk oder an den „Verhaltensweisen" einer Software. Die Hersteller oder Anbieter von Schadsoftware wiederum nutzen spezifische Schwachstellen in Betriebssystemen oder Büroprogrammen aus und versuchen manchmal ihre Schadsoftware zu verstecken, so dass sie wie ein Wolf im Schafspelz funktioniert. Das Wissen über solche Schwachstellen oder kleine Programme, welche eben diese ausnutzten, wurde auf bestimmten Internetseiten oder im Darknet für gutes Geld verkauft. Bezahlt wurde meistens mit Bitcoin oder ähnlichen Parallelwährungen.

24. Dezember, 08:30 Uhr, bei Baden

Pia und Roger hatten ausgiebig gefrühstückt und über den Tag gesprochen. Roger hatte kurz die Nachrichten auf seinem Notebook gecheckt. Er konnte davon ausgehen, dass er heute allenfalls telefonisch oder per Videokonferenz in die Ereignisse einbezogen werden würde, aber nicht mehr zur Bank fahren müsste. Da die Eltern von Pia in Zürich wohnten, wäre es aber kein großes Unglück, sondern einfach eine lästige Pflicht. Die Eltern von Pia waren ziemlich religiöse Leute und würden es kaum verstehen, wenn jemand am Nachmittag oder Abend des Vorweihnachtstages noch arbeiten musste. Sie wussten aber, dass Roger eine wichtige Position hatte und die Bank halt manchmal verrückt spielte, wie sie es scherzhaft nannten.

Pia sagte, dass sie gerne noch einige kleine Einkäufe machen würde, und dass Roger in dieser Zeit noch ein oder zwei Geschenke für ihre Eltern einpacken könnte.

Kurz darauf fuhr sie mit dem Auto nach Baden.

24. Dezember, 08:50 Uhr, Baden

Pia hatte erwartet, dass es um diese Zeit im Supermarkt noch ziemlich ruhig war. Die große Welle würde etwa um zehn Uhr beginnen und bis etwa vier Uhr am Nachmittag dauern. Die Leute pflegten sich für die Feiertage einzudecken oder wollten von besonderen Rabatten und Aktionen profitieren. Manche gingen einfach zum Vergnügen ein bisschen einkaufen.

An den Kassen schien eine gewisse Hektik zu sein und mehrere Angestellte mit roten Gesichtern gingen hin und her und schienen Instruktionen auszuteilen. „Was ist denn hier los", dachte sich Pia und schob ihren Einkaufswagen zwischen den Gestellen durch. Viel war es nicht, das sie brauchte. Einige Joghurts, einen Salatkopf, etwas Käse, einen Schinken, der gerade Aktion war, und ein paar Süßigkeiten als Mitbringsel für ihre Eltern oder Rogers Eltern.

Sie schob den Wagen zu einer beinahe leeren Kasse und zückte schon mal ihre Kreditkarte. Die junge Frau an der Kasse hatte dies bemerkt und rief: „Tut mir leid, wir haben hier ein größeres Systemproblem. Nur dort vorne beim Kundendienst gibt es noch eine Möglichkeit, um mit der Karte zu bezahlen. Tut mir wirklich leid."

Pia blickte hinüber und sah etwa zehn Leute mit übervollen Einkaufswagen beim Kundendienst stehen. Verzweifelt kramte sie nach einigen Münzen und Noten in ihrem Portemonnaie. Viel war es nicht. Sie berechnete überschlagsmäßig den Wert der Waren in ihrem Wagen und legte seufzend den Schinken zurück. So würde es wohl reichen. Die Angestellte schob rasch die wenigen Waren über den Scanner und sagte: „12 Franken 90, bitte schön." Pia bezahlte mit einer 10-Franken-Note, einem 2-Fränkler und ein paar kleinen Münzen. Sie bedankte sich und packte rasch alles in den mitgebrachten Papiersack.

Die Schlange beim Kundendienst war inzwischen noch länger geworden und die Leute machten lange Gesichter.

24. Dezember, 09:00 Uhr, Bern

Veronica Meissner hatte die Leitung des MELANI-Teams wieder von Friedrich Hoyer übernommen und sich von ihm genau über die Lage ins Bild setzen lassen. Sie überlegte eine Weile, welche Informationen sie weiterverbreiten sollte. Schließlich begann sie zu schreiben.

> **MELANI. #735-5. Nach Installation von Security-Update KB5236661 gibt es verbreitet Netzwerkprobleme bei Banken und Großverteilern. Eskalation bei Filialen von Großverteilern möglich. Krisenstäbe der Kantone sind informiert. Möglicherweise wurde Intersoft von extremistischer Gruppe gehackt oder unterwandert. Nächste Info 1200 DEZ24. MELANI.**

Hoyer hatte noch in den frühen Morgenstunden erste Informationen an die Krisenstäbe der Kantone verbreitet. Die Krisenstäbe wurden zum Beispiel bei Naturkatastrophen, Waldbränden und Störfällen in Atomkraftwerken alarmiert und koordinierten die Einsätze von Polizei, Rettungsdiensten, Feuerwehr, Zivilschutz und auch Armeeeinheiten mit speziell ausgebildetem Personal für Schutz und Rettung. Die Krisenstäbe konnten dann in Absprache mit den kantonalen Regierungen und den zuständigen Bundesstellen weitgehend autonom agieren und entscheiden.

24. Dezember, 09:10 Uhr, Zürich West

Sven Odermatt und seine Kollegen hatten bereits etwa drei Stunden harte Arbeit hinter sich. Nun saßen sie gemeinsam in der Cafeteria und diskutierten die Probleme. Um acht oder neun Uhr öffneten die meisten Filialen in der ganzen Schweiz, und die ersten Berichte aus den Filialen waren alles andere als ermutigend. Odermatt tauschte sich mit seinen Kollegen aus und kam zum Entschluss, aktiv mit MELANI Kontakt aufzunehmen. Er hatte noch kaum mit MELANI zu tun gehabt, war aber im Sommer an einem Einführungskurs für systemkritische Betriebe in Bern gewesen und hatte dort einige Leute kennen gelernt.

Er stand auf und wählte die eingespeicherte Nummer auf seinem Handy. Nach mehrmaligem Läuten meldete sich jemand. Odermatt gab seinen Namen an und fragte nach einer leitenden oder spezialisierten Person. Es wurde ihm versprochen, dass in Kürze jemand zurückrufen würde.

24. Dezember, 09:30 Uhr, bei Baden

Pia öffnete die Tür und fand Roger vor dem Fernseher, wo er durch mehrere Nachrichtensender zappte. Die Geschenke für ihre Eltern lagen am gleichen Ort wie vorher, daneben Geschenkpapier und eine Schere. Pia seufzte, sagte aber nichts. Sie wollte weder ihm noch sich selbst den Tag verderben.

Sie rief: „Hallo. Ich bin wieder da. Du, die haben ein ziemliches Problem bei Micop. Bei allen Kassen kann man nur mit Bargeld bezahlen, außer beim Kundendienst. Und die Angestellten hetzen herum und sind nervös."

Roger stellte den Fernseher ab und blickte sie aufmerksam an. „Ist dir sonst etwas aufgefallen?" Pia dachte nach. „Also, die Leute, die die Gestelle auffüllen, die haben sonst doch so Geräte, wo sie mit einem Stift etwas eintippen. Heute laufen die mit Papier und Bleistift rum. Da scheint gleich einiges nicht zu funktionieren."

Roger stand auf, klappte sein Notebook auf und rief einige Nachrichten ab. „Shit, da ist was faul. Es hat eine neue Nachricht von MELANI, dass mindestens ein Großverteiler betroffen ist. Das gleiche Problem wie bei uns, nehme ich an."

Pia fragte: „MELANI, ist das nicht diese Stelle beim Bund, für IT-Probleme und so? Schöner Name!"

„Es ist die Melde- und Analysestelle für Informationssicherheit", erklärte Roger, „wir arbeiten bei größeren Störungen eng mit ihnen zusammen, weil wir systemkritisch sind. Die haben auch Kontakte zu den Flughäfen, zu den Energiefirmen, und so weiter. Sind gut vernetzt, die Kerle. Da arbeitet übrigens eine krasse Frau, die hat auf diesem Gebiet doktoriert."

Pia ließ sich von dieser Bemerkung nicht treffen. Sie hatte einen Bachelor in Betriebswirtschaft und hatte bei Koch eine interessante Karriere vor sich.

„Aber wenn es jetzt bei Micop ist, dann ist es eine Art Computervirus und hat gar nicht so viel mit euch zu tun?"

„So genau wissen wir das nicht, SWIFT ist auch betroffen, einige Banken im Ausland auch. Es scheint aber was Gröberes zu sein. Das Ding verteilt sich auf viele Server und installiert sich vollautomatisch. Gibt sich ja eben als Security-Update aus und nicht als Virus. Schlau gemacht. – He, zeig mir doch nochmals dein Notebook, das hat doch gestern auch Probleme gemacht." Weil Pia immer noch die Einkaufstasche trug, griff er es sich gleich selbst aus der Schublade neben dem Arbeitstisch, klappte es auf, ließ sich von Pia das Passwort diktieren und untersuchte nochmals genau die Fehlermeldungen im Betriebssystem und diejenigen des Dokumentationssystems, soweit diese zugänglich waren.

„Da ist es, ein Update wurde installiert und unmittelbar nachher haben die Netzwerk-Probleme begonnen. Von Koch haben wir bisher noch nicht viel gehört. Ich muss das hier per Screenshot kopieren und mir ins Geschäft schicken. Interessant."

Pia hatte unterdessen begonnen, die Geschenke einzupacken. Roger war offenbar wieder in seinem Element. Sie dachte immer noch an die Gesichter der Micop-Angestellten, die schon am Morgen eines langen Arbeitstages mit solchen Problemen zu kämpfen hatten.

24. Dezember, 09:35 Uhr, Zürich West

Sein Handy spielte eine Melodie ab. Odermatt meldete sich: „Micop Konzernleitung, Odermatt."

„Guten Tag Herr Odermatt, hier spricht Veronica Meissner von MELANI. Sie haben uns vor kurzem kontaktiert."

Odermatt bestätigte dies.

„Nun, Herr Odermatt, ich kann Ihnen gerne ein paar Auskünfte geben. Das Security-Update wurde von vielen Großkonzernen in Europa geladen und teilweise gestern Abend oder in der Nacht installiert. Aus Amerika und Asien haben wir bisher keine Meldungen. Das Update funktioniert aber nicht korrekt und beeinträchtigt das Verhalten der Server und der Netzwerkverbindungen."

Odermatt bestätigte, dass dies seinen Beobachtungen entsprach.

„Wir raten ausdrücklich davon ab, das Update im jetzigen Stand zu installieren. Intersoft verspricht eine Lösung bis heute 14 Uhr Schweizer Zeit. Alle Server in den gleichen Netzen sollten auf den Stand von gestern Abend oder heute Nacht zurückgesetzt werden. Wir sind in Kontakt mit Banken und anderen systemkritischen Unternehmen. Außerdem erhalten wir Nachrichten aus Brüssel und aus vielen anderen Quellen. Aber wie sieht es in Ihren Filialen aus?"

Odermatt räusperte sich. „Nun, sehr viel wissen wir noch nicht, aber es sieht so aus, dass zumindest einige größere Filialen das Update in der Nacht schon verteilt und installiert haben. Intersoft hat ja geschrieben, dass es ein kritisches Update ist. Vom verpackten Geschenk haben sie nichts geschrieben. Wir bleiben da dran. Darf ich Sie später wieder anrufen?"

Meissner antwortete: „Selbstverständlich, Sie sind ja systemkritisch. Wir haben hier auch Hochbetrieb heute. Wir behalten die gesamte Lage im Auge und setzen regelmäßig kurze Meldungen im geschlossenen Netz ab. Natürlich dürfen Sie gerne anrufen, wenn Sie Hilfe brauchen. Manchmal dauert es halt eine Weile, bis Sie jemanden erreichen. Aber wir helfen Ihnen, so gut wir können. Ist das im Moment in Ordnung für Sie?"

Ihre Stimme klang freundlich, aber etwas kurz angebunden.

Odermatt bedankte sich für die Unterstützung und unterbrach die Verbindung.

In diesem Moment stieß sich ein Kollege von seinem Bürotisch ab und ließ sich auf dem Stuhl etwa einen Meter zurückrollen. Sein Gesicht war vom Zorn gerötet. „Du große Scheiße, jetzt melden zwei Filialen in Bern und Zürich, dass das interne Netz zu spinnen beginnt."

24. Dezember, 09:45 Uhr, Nähe Bern

Das große Einkaufszentrum wurde von Micop, Aldi und vielen Fachmärkten dominiert. Der Weihnachtsverkauf war in vollem Gange. Bereits kurvten die Autos im Parkhaus, um die letzten freien Plätze in der Nähe der Lifte zu ergattern.

Josh Bauer war kurz vor neun Uhr im Geschäft erschienen. Als Assistent des Filialleiters machte es für ihn keinen großen Unterschied, ob in den Läden viel lief oder wenig. Er wollte noch einige Vorbereitungen für eines für Anfang Januar geplantes Update der Kassensoftware machen. Der Skiurlaub für ihn und seine Freundin war im Kanton Wallis gebucht. Heute Abend würden sie gemütlich am Kamin sitzen und morgen im Neuschnee kurven.

Beim Eintreffen hatte ihn der Filialleiter darauf aufmerksam gemacht, dass von der zentralen Informatik einige Meldungen über Netzwerkprobleme und komplizierte Updates eingegangen waren. Aber Bauer hatte dies auf die leichte Schulter genommen. Bei Micop herrschte ein wenig die Meinung, dass das Geschäft in den Filialen gemacht wurde und „die in Zürich" nur der Wasserkopf waren, gute Löhne hatten und wenig leisteten.

Aber um Viertel nach neun Uhr musste er feststellen, dass erhebliche Probleme auf ihn warteten. Zwei Server waren ausgefallen. Die Netzwerkverbindung zur Zentrale war abgeschaltet worden. Es bestand lediglich eine Notverbindung direkt zu ihrer Bank, um Zahlungen mit Kreditkarten oder Bankkarten abzuwickeln. Wegen dem Serverausfall konnte diese Verbindung aber nur von einem speziellen Terminal beim Kundendienst genutzt werden. Ein Blick auf die Überwachungskameras zeigte ihm, dass sich dort bereits eine lange Schlange von Kunden mit hochbeladenen Einkaufswagen gebildet hatte. Der Kundendienst war aktuell mit vier Mitarbeitern besetzt anstatt mit ein bis zwei.

Die Kassen konnten für eine Zeitlang auch autonom arbeiten und den Artikelbezug und die Zahlungen speichern. Aber bei der Prüfung der Kredit- und Bankkarten lief nichts ohne Netzwerkverbindung.

Bauer nahm den Telefonhörer und wählte die Nummer des Informatik-Supports in der Nähe von Zürich.

24. Dezember, 10:45 Uhr, bei Baden

Roger und Pia waren zeitig losgefahren. Man gelangte zwar schnell nach Zürich und es war noch nicht viel Verkehr, aber die Straßen waren zum Teil noch schneebedeckt, nur die Autobahn und die wichtigen Verbindungsstraßen waren geräumt. Schwere Lastwagen streuten Salz, weil die Temperaturen nur knapp über dem Gefrierpunkt waren.

24. Dezember, 11:00 Uhr, Nähe Bern

Auch der IT-Support hatte nicht viel weiterhelfen können. Immerhin hatte ihm die zuständige First-Level-Supporterin versprochen, am Mittag via Fernwartung alle Server so zurückzusetzen, dass sie wieder normal funktionierten. Sie hatte sich wortreich entschuldigt und erklärt, dass sie zurzeit mit etwa 20 Filialen im Kontakt stünden. Bauer besprach sich kurz mit dem Filialleiter. Danach wagte er eine kurze Inspektion im Laden, der sich über drei Stockwerke erstreckte. Die Leiterin des operativen Betriebs hatte bei allen Rolltreppen, Liften und beim Haupteingang große Hinweisschilder anbringen lassen, dass das bargeldlose Bezahlen nicht möglich war. Dafür standen nun beim Bankomat im Erdgeschoss etwa zwei Dutzend Leute, um sich mit Bargeld einzudecken. Dieser schien einwandfrei zu funktionieren. Bauer dachte: „Was haben die in Zürich wieder verbockt? Der Bankomat funktioniert, aber unsere Bezahlterminals sind offline." Danach dachte er wieder an den bevorstehenden Skiurlaub und entspannte sich ein wenig. Er beschloss, sich ein Sandwich und eine

Cola zu kaufen, um dann Punkt zwölf Uhr für die Fernwartung bereit zu sein.

Beim Kundendienst beschwerten sich zwei ältere Personen lautstark über den miesen Service von Micop. Die meisten Leute schienen aber die Warterei gelassen zu nehmen und tippten auf ihren Smartphones herum.

24. Dezember, 11:15 Uhr, Bern-West

Hoyer war in seinem Appartement im Westen von Bern. Er hatte sich ein bisschen hingelegt, aber nicht schlafen können. Nun griff er zum Telefon und rief nochmals in Deutschland an und ließ sich zu seinem Kontaktmann durchstellen. Nach wenigen Worten kamen sie zur Sache. Der Mann vom deutschen Nachrichtendienst berichtete: „Also, wir haben hier einige Informationen. Es ist eine Geheimorganisation, welche seit mehreren Jahren existiert. Sie ist vermutlich eine Abspaltung von anderen extremen Gruppen. Sie verbreiten einige Botschaften im Netz, sind bisher aber nicht durch Gewalttaten oder dergleichen aufgefallen. Sie organisieren sich ausschließlich über stark verschlüsselte Netzwerkverbindungen. Müssen Profis sein. Der Leiter lebt möglicherweise an der Ostküste der USA, vermutlich Georgia oder Florida. Er ist aber nicht namentlich bekannt, da er im Netz unter mehreren falschen Identitäten auftritt. Über diese Identitäten lassen sich zumindest einige Verbindungen zu anderen Gruppen und zu Hackern ziehen.

In Europa scheinen sie Ableger in Deutschland, Holland und England zu haben. Möglicherweise gibt es Kontakte nach Russland. Über Aktivitäten in der Schweiz ist wenig bekannt. Sehr wahrscheinlich haben sie mindestens eine Kontaktperson, die bei Intersoft arbeitet.

Auch wenn man mehr über sie wüsste, wäre es nicht mal klar, ob man strafrechtlich gegen sie vorgehen könnte. In den Vereinigten Staaten gibt es ja recht viele Sondergruppen, und solange die niemanden umbringen, wird man kaum etwas gegen sie unternehmen."

Hoyer hatte aufmerksam zugehört. „Kannst du etwas zu ihrem Credo sagen? Wofür kämpfen sie?"

„Sie scheinen ein Art Theorie zu haben, dass das Böse aus der Welt ausgerottet werden muss. Und das Böse scheinen sie mit allem zu identifizieren, was mit Geld zu tun hat. Also Banken, Versicherungen, internationale Konzerne, Handel, und so weiter. Interessant ist, dass sie sehr gut vernetzt sind und sehr gut zusammenhalten. Es ist keine einzige Person bekannt, die sich von der Organisation distanziert und ausgepackt hat. Bei Sekten zum Beispiel gibt es ja immer Leute, die aussteigen und dann an die Öffentlichkeit gehen. Aber diese halten dicht. Darum ist auch nicht bekannt, wie viele Leute da mitmachen. Es können ein paar Dutzend oder auch Hunderte sein."

Hoyer bedankte sich, und sie vereinbarten, weiter in Kontakt zu bleiben. Er wünschte seinem Bekannten nochmals frohe Festtage.

Danach wählte er die Nummer von MELANI und verlangte Veronica Meissner.

24. Dezember, 11:20 Uhr, Zürich City

Die Fahrt war ohne Probleme verlaufen. Roger hatte Pia ausführlich über die Gefahren von Computerviren unterrichtet. „Polymorphe Viren kopieren sich selbst irgendwohin. Dann verändern sie sich selbst, zum Beispiel indem sie ein nutzloses Stück Software an den Anfang kopieren, oder die wichtigen Stücke in einer anderen Reihenfolge neu zusammensetzen. Dadurch tricksen sie die Antivirenprodukte aus, welche immer nach bestimmten Mustern in Files suchen."

Pia fragte: „Und was genau ist ein Trojaner?" – „Ein Trojaner ist ein Virus, der sich in einer nützlichen Software versteckt. Du lädst zum Beispiel irgendein kleines Programm für Bildbearbeitung aus dem Internet, aber darin steckt ein Trojaner. Sobald du das Programm zum ersten Mal ausführst, wird der Trojaner aktiv. Er nistet sich irgendwo im System ein und lädt zum Beispiel weitere Schadsoftware von irgendwoher herunter. Mit der Zeit ist dein ganzes System verseucht. Wenn du eine gute Antivirensoftware hast, wird diese den Trojaner früher oder später entdecken. Normalerweise." Er machte eine Pause, weil er nach einem Parkplatz Ausschau hielt. „Bisher hatten wir hauptsächlich Trojaner von kriminellen Organisationen, die uns versuchten zu erpressen. Aber dies ist etwa Neues. Wenn es denen wirklich gelungen ist, Intersoft zu hacken, dann geht dort die Post ab."

An der Hohlstrasse standen die Autos dicht beieinander. Endlich zeigte sich eine Lücke zum Parkieren. Die Eltern von Pia wohnten seit vielen Jahren in einer recht einfachen Genossenschaftswohnung mitten in Zürich. Der Verkehrslärm störte sie nicht, dafür hatten sie Tram und Bus praktisch vor der Haustür und waren in wenigen Minuten im Zentrum oder an wichtigen Knotenpunkten der Stadt.

Pia und Roger wurden herzlich empfangen, umarmt und geküsst. Der Bruder von Pia war auch schon eingetroffen. Pia legte die mitgebrachten Geschenke unter den Weihnachtsbaum, wo bereits diverse Pakete standen.

Rosina Barcelli tischte köstliche Speisen in nicht zu knapper Menge auf. Ihr Mann Vittorio öffnete eine große Flasche Chianti und goss sorgfältig allen ein. Das Gespräch drehte sich bald um die bevorstehende Hochzeit von Pia und Roger, um einen Stellenwechsel ihres Bruders Renato, um weiteren Neuschnee, um die Regierungskrise in Italien, über den Präsidenten der Europäischen Zentralbank und die Sinnlosigkeit der Negativzinsen, und landete schließlich bei der Großbank UCS. Beide Eltern nahmen rege Anteil an den vielfältigen Aufgaben von Roger, verstanden aber nicht wirklich viel, wenn es um Malware, Denial-of-Service-Attacken, Phishing, Identitätsklau, Kreditkartenbetrug und Ähnliches ging. Es war auch nicht so einfach zu erklären und die Versuche von Roger waren dann oft mit weiteren Fremdwörtern gespickt. Vittorio gab sich Mühe, jeweils einige der komplizierten Begriffe auf Wikipedia nachzuschlagen, doch als frühpensionierter Maurer-Vorarbeiter musste er sich oft geschlagen geben, wenn es in die Details ging. Letztlich war für ihn und Rosina wichtig, bald einen Schwiegersohn zu haben, der eine gute Ausbildung und eine sichere Anstellung hatte. Soviel hatten sie verstanden, dass angesichts zunehmender Bedrohungen aus dem Netz eine Bank auch in Zukunft hochqualifizierte Spezialisten für die Sicherstellung des Betriebs und Aufrechterhaltung des Schutzes der Kundendaten brauchte.

Roger war zurückhaltend mit Detail-Informationen, erklärte aber den Grund seiner Spätschicht und kam auch kurz auf die Probleme bei Micop zu sprechen.

Rosina schlug die Hände über dem Kopf zusammen und rief: „Gesú, incredibile!" Beinahe gleichzeitig nahm sie den Deckel vom Topf mit dem wohlriechenden Braten und ermunterte alle, nochmals zu schöpfen, wovon die meisten gerne Gebrauch machten.

Pia dachte: „Noch vor 3 Jahren hätte Mama wohl Maria angerufen und nicht Jesus (Gesú)." Ihre Eltern waren beide streng katholisch erzogen worden, hatten sich aber vor einigen Jahren einer Freikirche zugewandt und schienen sich dort wohl zu fühlen. Mama half bei der Kinderstunde mit und Papa chauffierte betagte Leute zur Seniorenstunde der Kirche.

Im weiteren Verlauf des Gespräches beteuerten Rosina und Vittorio, dass sie gerne für die Menschen in der Bank und bei Micop beten würden, damit das Unheil nicht weitere Kreise ziehen würde.

Roger amüsierte sich darüber ein wenig, ließ sich aber nichts anmerken. Seine Welt bestand aus harter Arbeit, Wissen und angewandter Intelligenz, sowie einem guten Salär und einem fetten Bonus. Er respektierte aber den Glauben seiner Schwiegereltern und freute sich, dass sie sich gerne für andere Menschen einsetzten.

So ging das Gespräch am reich gedeckten Feiertagstisch fröhlich weiter, bis man bei den bald zu erwartenden Enkeln angelangt war, wo nun Pia heftig abwehren und ihre Eltern auf später vertrösten musste. Schließlich stand sie ganz am Anfang ihrer Karriere, und dies hatte sie mit ihrem Verlobten schon früh geklärt, dass Kinder noch ein paar Jahre kein Thema waren.

24. Dezember, 12:00 Uhr, Bern

Veronica Meissner hatte sich lebhaft mit Friedrich Hoyer ausgetauscht und sich bei ihm für seine Nachforschungen bedankt. Sie vermutete, dass der eigene Nachrichtendienst in solchen Dingen im Dunkeln tappte, während Hoyer dank seinen hervorragenden Kontakten in kurzer Zeit an die wesentlichen Informationen herankam. Nun war es Zeit für die nächste Nachricht.

MELANI. #735-6A. KLASSIFIZIERUNG GEHEIM. Netzwerkprobleme bestehen weiterhin. Gut informierte Quellen erwähnen eine extremistische Gruppe als mögliche Verursacherin der Probleme. Absichten unklar. Wir erwarten weiterhin erhebliche Probleme bei Micop, Banken und SWIFT. Nächste Info 1700 DEZ24. MELANI - KLASSIFIZIERT.

Sie hatte sich entschieden, den zeitlichen Abstand zwischen den Meldungen zu vergrößern. Solange es von Intersoft keine neuen Informationen gab, konnten sie nicht viel mehr tun als vor der Installation des Security-Updates zu warnen.

Ihr war aber klar, dass wohl tausende von Firmen das Update bereits geladen hatten und noch vor Weihnachten installieren würden. Und nur wenige dieser Firmen nahmen sich die Zeit, um Nachrichten von MELANI zu prüfen. Darum war jetzt zu überlegen, ob die Presse und andere Medien zu informieren waren.

MELANI. #735-6. Netzwerkprobleme bestehen weiterhin. Intersoft arbeitet an Lösung. Wir erwarten weiterhin erhebliche Probleme bei Großverteilern, Banken und SWIFT. Nächste Info 1700 DEZ24. MELANI.

Meissner tippte rasch weiter.

PRESSEMELDUNG

Eidgenössisches Departement für Verteidigung, Bevölkerungsschutz und Sport

24. Dezember, 12:15 Uhr

Nach Installation eines Sicherheits-Updates gemäß KB5236661 entstehen erhebliche Netzwerkprobleme. Bisher sind nur Server-Computer mit Betriebssystemen von Intersoft betroffen. Die Melde- und Analysestelle für Informationssicherheit rät ausdrücklich davon ab, das Security-Update herunterzuladen und zu installieren.

Für weitere Informationen verfolgen Sie bitte die Nachrichten auf www.melani.admin.ch und wenden Sie sich an Ihren Informatik- oder Netzwerkbetreiber.

Meissner wusste, dass diese Meldung rasch auf verschiedenen Nachrichtenportalen erscheinen würde. Aber wer würde sie an diesem Tag lesen? Wer konnte die Ausbreitung der Schadsoftware stoppen? Sämtliche kritischen Infrastrukturen und systemkritischen Firmen und Organisationen waren schon seit der Nacht informiert und gewarnt worden. Diese verfügten in der Regel über genügend eigene Spezialisten und klare Vorgaben, wie in solchen Fällen vorzugehen war. Aber was würde in den Filialen von Micop und anderen Großverteilern abgehen, wenn sich das Update weiterhin selbstständig ausbreitete und immer mehr Server und Netzwerkverbindungen störte? Sie wagte nicht, es sich vorzustellen.

Selbstverständlich hatte sie in ihrer Ausbildung ähnliche Szenarien durchgespielt. Dabei war man meistens von Malware krimineller oder terroristischer Gruppen ausgegangen. Diese konnte oft durch die Antivirenprogramme oder sogenannte Intrusion-Prevention-Systeme abgefangen werden. Aber hier war es ein harmlos aussehendes Security-Update eines der größten Software-Hersteller der Welt, welches wie ein Wolf im Schafspelz um sich fraß und normale Computer in Malware-Schleudern verwandelte. Dass dabei offenbar eine Art Zeitsteuerung eingebaut war, machte es umso heimtückischer.

24. Dezember, 12:15 Uhr, Nähe Bern

Auch für die Inbetriebnahme der Fernwartung hatte es zuerst ein längeres Telefongespräch benötigt. Nun war es aber soweit. Zuerst wurde der eine Server, dann der andere zurückgesetzt. Die Support-Mitarbeiterin erklärte, dass irgendein Update zu Netzwerkproblemen führte, und dass sie inzwischen schon Dutzende von Servern zurückgesetzt hätten. Es würde nun noch einige Minuten dauern, aber danach sollten alle Verbindungen wieder normal laufen. Zur Sicherheit wies sie Josh Bauer noch an, ein Programm für die Überwachung des Netzwerkverkehrs zu starten und den ganzen Nachmittag laufen zu lassen. Danach konnte er die Fernwartung beenden. Bauer rang sich zu einem Dankeschön durch und starrte auf die Anzeige des Netzwerküberwachungsprogramms.

24. Dezember, 03:30 Uhr (US Pacific Time), US Westküste

Bei Intersoft hatte mitten in der Nacht hektische Aktivität eingesetzt. Zwar gab es keine direkten Konventionalstrafen-Vereinbarungen mit den größten Kunden, aber schon mehrere hatten in der Vergangenheit angedroht, auf Linux-basierte Systeme auszuweichen, und einige hatten diesen Schritt, mit mehr oder weniger Erfolg, auch bereits getan.

Die Spezialisten hatten das Security-Update untersucht und waren rasch zum Schluss gekommen, dass es unerwünschte Software-Teile enthielt, auch wenn nicht klar war, wie sich diese hatten hineinschleichen können. Schließlich zeigte die Support-Datenbank klar, dass alle Tests und Überprüfungen ohne Probleme verlaufen waren und die zuständigen Stellen die Freigabe erteilt hatten.

Es gelang ihnen auch in relativ kurzer Zeit, eine zwei Tage alte Version des Updates zu finden, welche offenbar sauber war. Das Trickige war nun, dass sie diesem Update beibringen mussten, allfällige Updates mit der gleichen Identifikation vorgängig zu deinstallieren. Und dies unter hohem Zeitdruck zu erledigen, war nicht so einfach, wie ein Laie sich dies vorstellt.

24. Dezember, 12:50 Uhr, Nähe Bern

Bauer hatte sein Sandwich verspeist und sich noch einen Kaffee geholt. Er war froh um ein paar Minuten Ruhe. Er blätterte in einer Zeitschrift und wartete, bis der Filialleiter aus der Mittagspause zurückkommen würde, um sich noch kurz mit ihm zu besprechen. Eher zufällig fiel sein Blick auf den Bildschirm mit dem Überwachungsprogramm. Alle internen und externen Netzwerkverbindungen wurden rot angezeigt, der Datenbankserver und ein weiterer Server schienen ausgefallen zu sein, und am unteren Ende des Bildschirms spulten Dutzende von Fehlermeldungen in rascher Folge ab. Bauer unterdrückte einen Fluch und griff zum Telefon. Er wählte nochmals die voreingestellte Nummer zum zentralen Informatik-Support und ließ es etwa 15-mal läuten. Schließlich meldete sich dieselbe Stimme wie zuvor. Ihren Namen hatte er sich nicht gemerkt. Bauer versuchte, möglichst sachlich die Probleme zu schildern, worauf die Supporterin sofort eine neue Fernwartung einrichtete.

In diesem Moment lief der Filialleiter ins Büro und schrie: „Was ist nun wieder los? Die Leute unten laufen Amok. Die Kassen sind ausgefallen." Bauer deutete stumm auf den Bildschirm und auf das Telefon und stellte das Telefon auf lauthören. Die Supporterin versuchte gerade in Worte zu fassen, was sie über die Fernwartung sah. „Nun, es sieht so aus, dass das Update auch auf die anderen Server übergegangen ist. Die internen und externen Netzwerkverbindungen sind auf etwa 10% der Soll-Leistung. Die Kassensysteme laufen zwar weitgehend autonom, aber etwa einmal pro Minute machen sie eine Verbindung zur Datenbank, um die gekauften Waren abzubuchen. Wenn nun die Datenbank nicht reagiert, gehen die Kassen in einen anderen Modus. Wegen einem Software-Fehler, den wir ja im Januar beheben wollten, kann es geschehen, dass die Kassen dann nicht mehr richtig funktionieren und man sie manuell neu starten muss. Wir können das zwar auch aus dem Netz machen, aber es geht fast schneller, wenn die Mitarbeiterinnen an den Kassen einfach den

Stromschalter aus- und wieder einschalten. Danach dauert es maximal eine Minute, und die Kassen sollten wieder einwandfrei arbeiten."

Der Filialleiter stand mit rotem Kopf neben Bauer und rief ins Telefon: „Glauben Sie, wir geben das als Durchsage an die Kassierinnen: ,Wir haben ein kleines Software-Problem, starten Sie mal die Kasse neu und achten Sie auf blinkende Anzeigen?' Wissen Sie, was da abgeht? Da unten laufen 15 Kassen auf Hochtouren, beziehungsweise liefen bis vor kurzem, und nochmals 12 in den Fachmärkten. Wissen Sie, wie viele Kunden wir heute haben? Die stehen jetzt Schlange."

Die Supporterin versuchte ruhig zu bleiben, aber auch sie klang nun gereizt: „Es tut uns wirklich leid, aber wir haben das Problem nicht produziert. Das kommt von Intersoft. Wir haben in diesem Moment Zürich City, das Glattzentrum, Luzern, St. Gallen und Genf am Draht mit ähnlichen Problemen. Unsere Leute würden auch gerne in die Weihnachtsferien gehen."

Der Filialleiter beruhigte sich ein wenig, zog einen Stuhl heran und setzte sich. „Also, was können wir machen?"

Bauer deutete wiederum auf den Bildschirm, wo die Supporterin über die Fernwartung bereits begonnen hatte, den Datenbankserver zurückzusetzen und neu zu starten. In diesem Moment wurde die Fernwartung unterbrochen. Über das Telefon konnten sie den aufgeregten Atem der Mitarbeiterin hören, die nun ihrerseits einen Kraftausdruck von sich gab.

„Verd... Mist, gerade jetzt wollte ich den Server neu starten, und nun schmiert mir die Fernwartung ab. Kein Wunder, wenn alle Netzwerke down sind. Kann ich Ihnen den Befehl diktieren?"

Ohne auf eine Antwort zu warten, diktierte sie langsam den Befehl, welchen Bauer sorgfältig eintippte. Sofort erschien eine Meldung, dass der Server nun neu startete.

Währenddessen schilderte der Filialleiter mit gedämpfter Stimme, wie es in der Filiale aussah. An den Kassen hatten sich Schlangen von 15 bis 20 Kunden gebildet, einige der älteren Kassierinnen hatten einen Notizblock hervorgeholt und notierten die Einkäufe der

Kunden sorgfältig. Die jüngeren lehnten sich zurück, holten ihr Handy hervor und begannen seufzend Meldungen einzutippen, dass der Dienst heute wohl länger dauern würde.

Bauer bestätigte der Supporterin, dass der Datenbankserver korrekt wieder aufstartete. Sie wies ihn an, die gleichen Befehle für den Server zu wiederholen, welcher die internen und externen Netzwerkverbindungen kontrollierte.

Unterdessen war der Filialleiter aufgestanden, um noch einmal im Laden nach dem Rechten zu sehen und die Kassierinnen anzuweisen, ihre Kassen manuell neu zu starten. Doch nach wenigen Minuten kam er wieder im Laufschritt herein. „Nun reicht es mir dann, auch der Parkautomat scheint nicht mehr zu funktionieren. Bereits hat jemand mit Gewalt die Schranke hochgestemmt, damit die Autos durchfahren können."

Bauer blickte ihn an und versuchte ruhig zu bleiben. „Wenn ich mich recht erinnere, haben Sie mit dem Liegenschaftsverwalter vereinbart, dass die Netzwerkverbindung des Parkautomaten über unser Netzwerk läuft, damit keine separate und kostenpflichtige Verbindung geschaltet werden musste." Der neue Parkautomat war erst vor einem knappen Jahr installiert worden. Er akzeptierte fast alle Bank- und Kreditkarten sowie Euro-Scheine und –Münzen.

Der Filialleiter wollte etwas sagen, doch dann klappte er seinen Mund zu und schwieg.

Währenddessen fragte die Supporterin zum wiederholten Mal, wie es aussehe. Bauer bestätigte, dass nun scheinbar alle Server wieder normal liefen. Die Supporterin gab ihm noch einige Tipps und trennte dann auch die Telefonverbindung. Der Filialleiter stand bereits wieder und war im Begriff, nochmals in den Laden und in die Fachmärkte zu gehen.

Bauer öffnete ein Fenster und holte tief Luft. Dann rief er seine Freundin an, um sie vorzuwarnen, dass sein Arbeitstag möglicherweise ein wenig länger dauern würde als gewohnt.

24. Dezember, Nachmittag

24. Dezember, 13:20 Uhr, Zürich West

Odermatt raufte sich die Haare. Die Mitarbeiter im Support, welche für die Filialen zur Verfügung standen, hatten ihm kurz Bericht erstattet. Die Leute fehlten an allen Ecken und Enden. Mehrere Kollegen und Kolleginnen waren bereits in den Urlaub gefahren. Zwei hatten sich krankgemeldet. Odermatt hatte genaue Anweisungen ausgearbeitet, wie die Server auf einen früheren Stand zurückgesetzt und neu gestartet werden konnten. Aber wenn dies in der zentralen Informatik und in etwa 20 Filialen dutzendfach durchgeführt werden musste, lief einem die Zeit davon. Und die Meldungen von MELANI erschreckten ihn eher. Wenn auch Großbanken und SWIFT mit demselben Problem kämpften, dann war wirklich Not am Mann.

24. Dezember, 13:30 Uhr, Nähe Bern

Bauer hatte gründlich alle Nachrichten von der zentralen Informatik durchgelesen und außerdem im Netz verschiedene Anleitungen gesichtet, wie man Server auf einen älteren Softwarestand zurücksetzen konnte. Er wollte, wenn möglich, auch ohne den Support in der Lage sein, einzugreifen. In diesem Moment ertönte eine Durchsage: „Bitte machen Sie im Erdgeschoss Platz für die Rettungskräfte. Wir haben einen Notfall."

Bauer hatte wohl die Sirene eines Ambulanzfahrzeugs gehört, aber sich keine Gedanken gemacht. Nun sprang er auf und lief ins Erdgeschoss zum Informationsschalter. Dort lag der Filialleiter bleich auf dem Boden und mehrere Leute umringten ihn. Jemand hatte einen zusammengerollten Mantel unter seine Beine gelegt und eine junge Frau fühlte seinen Puls. Der Filialleiter war ein sehr korpulenter Mann Mitte fünfzig, der zwei Päckchen Zigaretten am Tag rauchte und auch gerne einem Glas Cognac zusprach.

Bereits liefen mehrere Sanitäter mit einer Bahre in den Laden. Die Notärztin lief rasch zu der am Boden liegenden Person und beugte sich über ihn. Nachdem sie den Puls und Blutdruck gemessen hatte, zog sie eine Spritze auf und suchte eine Vene am Arm des Filialleiters. Bauer stand in der Nähe und wollte nicht stören. Nach wenigen Minuten stand die Ärztin wieder auf und blickte sich um. Die Stellvertreterin des Filialleiters und Bauer traten zu ihr. Die Ärztin sagte mit leiser Stimme: „Ich glaube nicht, dass es etwas Ernstes ist. Wahrscheinlich hat der Blutdruck heute ein bisschen Sprünge gemacht. Aber wir müssen ihn mitnehmen und sein Herz untersuchen. Wenn es gut geht, kann er in zwei bis drei Stunden wieder nach Hause. Aber arbeiten sollte er heute definitiv nicht mehr."

Die Stellvertreterin nickte. Sie arbeitete seit mehr als zwanzig Jahren hier und hatte schon manche Schwierigkeiten durchgestanden. Mehrmals waren Leute nackt durch das Einkaufszentrum gerannt, um für irgendetwas zu demonstrieren. Einmal hatte ein Betrunkener mehrere Regale umgestoßen, weil er bei einem Diebstahl ertappt worden war. Erst vor kurzem hatte ein älterer Mann eine Kassierin begrapscht und musste der Polizei übergeben werden, weil er das Gefühl hatte, dies sei sein gutes Recht als langjähriger Kunde.

Sie würde auch diesen Tag überstehen. Der Betrieb dauerte noch bis acht Uhr abends, aber dann war für zwei Tage Schluss. Natürlich war es übel, dass die Leute heute nicht bargeldlos bezahlen konnten, aber zum Glück funktionierte der Bankomat noch.

Für das Parkhaus waren inzwischen mehrere Securitas-Leute gekommen, um für Ordnung zu sorgen.

Die Stellvertreterin und Bauer schüttelten der Ärztin die Hand und bedankten sich bei ihr. Der Filialleiter war bereits mit der Bahre in den Krankenwagen verfrachtet worden. Die Stellvertreterin nickte Bauer zu und verzog die Mundwinkel. Der Filialleiter war wegen seinem cholerischen Temperament nicht besonders beliebt.

24. Dezember, 13:50 Uhr, Zürich Nord

Er hätte schon lange nach Hause gehen können. Aber er wollte sowohl auf den Netzwerk-Monitoren als auch mit den Meldungen von

MELANI weiterverfolgen, wie das korrupte System in die Knie ging, versagte, sozusagen sich selbst vernichtete.

Plötzlich wurde ihm aber bewusst, dass er seit vielen Stunden nichts gegessen und kaum getrunken hatte. Auch die Luftqualität war nicht optimal. Rasch stand er auf, um wenigstens einen gesüßten Tee zu trinken. Da fühlte er, wie das Blut aus seinem Kopf ging, ihm wurde schwindlig, er hielt sich in Panik an seinem Bürostuhl fest, der aber sofort ins Rollen kam.

So stürzte er mitsamt dem Stuhl zu Boden und blieb einen Moment lang benommen liegen.

Müller war sofort aufgesprungen und zu ihm geeilt. Er beugte sich über ihn blickte ihm besorgt in die halboffenen Augen. Auch wenn seinem Kollegen am Boden wohl nichts Ernstliches fehlte, wollte er kein Risiko eingehen. Auch ihm war aufgefallen, dass die Luft stickig war und dass einige von ihnen seit vielen Stunden kaum eine längere Pause und keine frische Luft gehabt hatten.

Auch Sandra, die eigentlich nächstens nach Hause gehen wollte, beugte sich über ihren jungen Kollegen und fragte ihn, wie es ihm gehe. Dieser schüttelte ein wenig benommen den Kopf und versuchte aufzustehen. Doch Müller drückte ihn zu Boden und sagte mit Bestimmtheit und in einem väterlichen Tonfall: „Jetzt wollen wir zuerst mal schauen, was dir fehlt, mein Junge." Er blickte zu Sandra hoch und fragte sie, ob sie wohl eine Weile mit ihm an die Luft gehen würde. Sie nickte, nahm ihren Kollegen behutsam am Arm und half ihm zusammen mit Müller vorsichtig auf die Beine. Sein Gesicht hatte inzwischen wieder ein bisschen Farbe bekommen.

Auch Konrad war zum Schluss gekommen, dass ein Kaffee wohl nicht schaden könnte, und reichte Sandra einen großen dampfenden Becher. Sandra ging mit dem jungen Kollegen nach oben und zog ihn mit sich auf den Vorplatz vor dem Gebäude. „Wie heißt du eigentlich? Ich habe dich auch schon ein paar Mal gesehen, aber normalerweise bist du wohl in der City?"

Der Kollege nickte. „Ich bin Dieter." Sandra reichte ihm die Hand. „Ich bin Sandra. Freut mich." Dieter nickte. Sandra reichte ihm den Kaffeebecher. Dieter wollte zuerst abwehren. „Normalerweise trinke ich keinen Kaffee, nur Tee. Aber ein paar Schlucke können wohl nicht schaden."

Sandra blickte ihn freundlich an. „Ja, zu viel Kaffee tut dem Magen nicht so gut. Aber du hast wohl kaum etwas gegessen und getrunken seit …" Sie überlegte, wann Dieter wohl angefangen hatte. „Fühlst du dich jetzt besser? Du hast uns einen ziemlichen Schrecken eingejagt, als du so aus den Pantinen gekippt bist und den Stuhl zu Kleinholz verarbeiten wolltest."

Dieter musste wider Willen lachen. Es tat ihm gut, mit seiner Kollegin zu sprechen. Dass sie nach so vielen Arbeitsstunden noch so fröhlich und freundlich sein konnte, überraschte ihn. Sie war doch auch ein Teil des Systems.

Sandra fuhr fort: „Hey, vielen Dank, dass du so tatkräftig mithilfst. Wir sind ein tolles Team, findest du nicht auch?"

Dieter nickte, sagte aber nichts.

Sandra sprach unbeirrt weiter: „Und Karl ist sofort zu dir gesprungen. Ich dachte schon, der will Mund-zu-Mund-Beatmung machen oder eine Herzmassage."

Wieder musste Dieter lachen. „Ja, er hätte mich sicher rasch wiederbelebt."

„Einfach tief durchatmen. Die kalte Luft tut uns gut. Und trink noch ein paar Schlucke. Konrad hat wohl vier oder fünf Würfelzucker hineingetan. Lass dir nur Zeit. Unsere Schicht ist ja eh zu Ende. Wohnst du in der Gegend?"

„Ja, ich wohne in Opfikon. Ich kann dann den Bus nehmen."

„Unsinn, ich fahre dich nach Hause. Wir wollen nicht riskieren, dass dir nochmals was passiert, sonst wirst du noch ein Fall für die Unfallversicherung."

Wieder lachte Dieter. Er fühlte, wie sich in seinem Hals ein Knoten löste.

„Komm rein. Ich gehe mich nur rasch von Karl und den anderen verabschieden. Mein Auto ist im Parkhaus. Ich bringe dir auch deinen Mantel und dein Notebook. Du kannst hier warten, ich bin gleich wieder da."

Rasch ging sie zum Lift. Dieter überlegte einen Moment, ob er einfach abhauen sollte. Aber er konnte sein Notebook nicht gut zurücklassen. Und ohne Mantel auf den Bus warten zu müssen, lockte ihn auch nicht. Also wartete er auf Sandra, die tatsächlich nach wenigen Minuten wieder erschien.

Sie nahmen den Lift zur Tiefgarage. Sandra fuhr einen kleinen, schnittigen BMW. Sie steuerte den Wagen auf die Hauptstraße und fragte: „Hast du Lust, noch einen Tee zu trinken?"

Eigentlich hatte Dieter keine Lust, aber er wollte auch noch nicht nach Hause, also sagte er zu.

Sandra bog ab und fuhr zu einem kleinen Restaurant in der Nähe der Bank, wo sie manchmal zu Mittag aßen. Sie parkierte und ging mit raschen Schritten zum Eingang, wo sie die Tür für Dieter aufhielt.

Sie setzten sich an einen kleinen Tisch und bestellten beide einen Tee. Sandra blickte ihren Kollegen aufmerksam an. Es war ihr aufgefallen, dass er sehr schweigsam war. Sie dachte nach, wie sie ihn aus der Reserve locken konnte. Am besten mit Vollgas! „Hast du Familie, eine Freundin?"

Dieter schüttelte den Kopf. „Nein, ich lebe allein. Ich habe eine kleine Wohnung am Waldrand. Schön ruhig dort."

„Ja, das ist eine super Lage, ich habe dort auch schon Spaziergänge gemacht. Ich wohne in Wallisellen, aber nicht weit von Opfikon. Opfikon hat einen hübschen Dorfkern."

„Ja, es gefällt mir gut, ich wohne jetzt schon vier Jahre dort." Dieter schien langsam aufzutauen. In diesem Moment wurde der Tee serviert.

„Na dann Prost! Wenn du noch was essen möchtest, tu dir keinen Zwang an. Du bist eingeladen!"

Auf dem Tisch nebenan war eine Schale mit leckerem Gebäck. Dieter stand auf und nahm sich ein Vollkornbrötchen.

Sandra blickte ihn an. „Hast du gute Kollegen bei der Bank?"

„Es geht, ein paar schon," sagte Dieter ausweichend.

„Wir können uns gerne auch mal zum Mittagessen treffen. Ich bin oft in der City für Sitzungen. Und du bist wohl auch ab und zu hier."

Dieter nickte „Ja, in letzter Zeit immer wieder mal. Ich arbeite ja normalerweise nicht in eurer Abteilung, wurde aber sozusagen für ein paar Monate an euch ausgeliehen. Karl möchte mich noch stärker in die Firewall-Administration und -Auswertung einbeziehen. Das ist sehr interessant. Man sieht, was im Netz so alles rumschwirrt."

Sandra Augen strahlten. „Das freut mich!"

Dieter dachte: „Sie scheint mich aufrichtig und ohne Hintergedanken zu mögen. Sie arbeitet ja auch ziemlich eng mit Müller zusammen. Haben die irgendetwas ausgeheckt?"

Sandra hatte weitergesprochen: „… jungen Mitarbeiter fördern. Die Bank wirkt nicht immer so attraktiv für die Leute frisch von der Ausbildung. Aber der CIO hat ein Programm gestartet, um mit Kursen und on-the-job Coaching die Leute noch mehr zu fördern. Die Arbeit soll auch ein bisschen Spaß machen. Und du bist ja noch recht jung, du kannst also voll von diesem Programm profitieren. Es gibt sogar einen Austausch mit USA, wenn jemand weiterstudieren möchte. Natürlich muss man selbst einen Teil der Kosten übernehmen, aber die Bank fördert das sehr großzügig. Schau dir das doch mal an. Ich kann dir auch einen Link schicken, wenn du möchtest."

„Ja, das tönt interessant. Ich schau es mir gerne an. Und du, kommst du mit Karl gut klar? Und hast du den CIO schon getroffen?"

„Ja, mit Karl habe ich es gut. Er setzt allerdings anspruchsvolle Ziele, aber er hilft einem auch. Den CIO habe ich erst ein paar Mal gesehen. Ist eher so ein Bonus-Typ. Die kassieren halt ziemlich ab und erhalten noch Aktien und Optionen. Ist nicht so mein Ding. Mir ist es wichtig, gute Arbeit zu haben, und auch mal mit Kollegen auszugehen. Ich bin auch Single, aber du musst jetzt nicht meinen, ich sei auf einen Flirt aus." – Dieter lächelte. – „Ich habe einfach gerne ein bisschen Abwechslung nach der Arbeit. Ich fahre auch gerne Ski. Fährst du auch Ski?"

Dieter schüttelte den Kopf. „Also, früher, etwa mit 16 oder 17 bin ich ein paar Mal Snowboard gefahren. Aber dann nicht mehr, ich hatte eine ziemlich schwierige Zeit."

Sandra spürte, dass es nicht der Moment war, ihn auszufragen. Darum sagte sie nur: „Oh, das tut mir leid für dich. Hast du nicht einen Teil deiner Ausbildung in Deutschland gemacht?"

„Ja, von 20 bis 22 war ich in Heidelberg. Das war eine gute Atmosphäre dort. Für mich war es wichtig, mich ein bisschen zu lösen von den Spießern hier." Dieter ließ offen, ob er seine Eltern, Lehrer oder Kollegen meinte.

„Gell, ab und zu tut ein bisschen Luftveränderung gut. Ich war mal für eine Woche in Heidelberg. Hab aber nicht viel vom Campus gesehen."

„Ich habe das ganze Bachelor-Studium dort absolviert. Den Master habe ich dann in Zürich gemacht. In eineinhalb Jahren."

Sandra schien verblüfft. „Wow, da hast du aber einen abgespult. Worüber hast du denn deine Masterarbeit geschrieben?"

„Ich habe viel über den Einfluss politischer Gruppen im Internet und über die Meinungsbildung der Menschen gelesen und dann darüber eine Arbeit verfasst. So im Sinn: Was halten wir für Wahrheit?"

„Tönt ja schon fast philosophisch! Ist die online? Ich würde da gerne mal reinschauen, wenn ich darf."

„Ja, sie ist online. Du findest sie auf uzh.ch/informatik mit meinem Namen."

„Ich weiß aber deinen Nachnamen nicht!"

„Wolfers, Dieter Wolfers. Mein Vater ist Deutscher." fügte er fast entschuldigend an.

„Super. Ich schau da gerne rein."

Sandra schien nachzudenken und blickte auf ihre Uhr. „Also, Dieter, es hat mich sehr gefreut, dich näher kennen zu lernen. Du bist ein angenehmer Typ. Lass uns bei Gelegenheit zusammen essen gehen. Und jetzt bringe ich dich nach Hause."

Sie stand auf und legte ohne umzuschauen eine 20er-Note auf den Tisch. Mit ihren schnellen Schritten ging sie zur Tür und hielt für ihn auf. Sie setzte sich in den Wagen und startete den Motor.

Nach wenigen Minuten hatten sie Opfikon erreicht. Dieter blickte sie an, reichte ihr die Hand und sagte: „Danke, Sandra, das hat mir jetzt gutgetan. Auf ein anderes Mal."

Sandra nickte und verabschiedete sich von ihm. Sie blickte ihm noch einen Moment nach, bevor sie den Motor wieder startete und Richtung Wallisellen fuhr. Sie erinnerte sich, dass sie in einer Besprechung mit Müller einmal kurz die Personalakte von Dieter gesehen hatte, als Müller ihn für einige Zeit in seine Abteilung aufnehmen wollte, weil er dringend Leute brauchte. Für Müller war es wichtig, bei Personalentscheidungen diese Informationen zu haben.

24. Dezember, 05:00 Uhr (US Pacific Time), US Westküste

Die Spezialisten bei Intersoft gaben ein Stück weit Entwarnung. Sie hatten das modifizierte Update soweit hingekriegt, dass es seine Vorgängerversion bei der Installation ersetzen würde. Natürlich reichte die Zeit nicht aus, um die vielen Tests zu fahren, welche normalerweise vor der Freigabe eines Updates vorgeschrieben waren.

Darum musste die Freigabe durch einen ziemlich weit oben in der Hierarchie stehenden Vorgesetzten formell angeordnet werden. Einen solchen am Vorweihnachtstag in aller Frühe aufzutreiben, war nicht ganz einfach gewesen. Aber Vorschriften waren Vorschriften.

24. Dezember, 08:00 Uhr (US Eastern Time), Atlanta

Wie üblich war er früh aufgestanden. Seit er mehrere Stunden täglich mit Meditation verbrachte, brauchte er nur noch wenig Schlaf. Wie üblich bestand sein Frühstück aus Grüntee und Früchten. Danach hatte er die wichtigsten Tageszeitungen durchgeschaut und die Nachrichten aus Europa im Internet gelesen. Er beachtete auch die Aktien- und Devisenkurse. Paribas und UCS waren um etwa 5% eingebrochen, der Schweizer Franken und der Euro hatten gegenüber dem US-Dollar um 3% nachgegeben. Er rieb sich die Hände. Das würde ein kleines Taschengeld für ihn und seine Getreuen geben. Aus einer Erbschaft hatte er ziemlich viel freies Kapital. Dies setzte er seit einigen Monaten für Devisen-Spekulationen und Call- und Put-Optionen ein. Sein Bauchgefühl (oder war es der Geist in ihm?) hatte ihm meistens recht gegeben. Der Gewinn würde auch dazu dienen, der Welt die wichtigste Botschaft zu verkünden, die ihm von klein auf eingeprägt worden war.

Er murmelte vor sich hin: „Wir verabscheuen Gewalt, wir kämpfen mit friedlichen Mitteln für eine bessere Welt, wir führen der Welt die faulen Früchte ihres Tuns vor Augen, wir lehren und fördern unsere Mitglieder, wir streuen Sand ins Getriebe des Systems, wir bleiben unseren Grundsätzen treu. Wir halten zueinander und geben auf einander acht, so wie der gute Hirte auf seine Schafe Acht gibt."

Dies war die Botschaft von OMEGA. OMEGA war inzwischen etwa 10 Jahre alt. Nach all den Wirren nach den Terroranschlägen vom 11. September 2001 und nach zwei nutzlosen Kriegen gegen den Terror war in ihm die Überzeugung gewachsen, dass es Zeit war, etwas Neues zu schaffen. Gemeinsam mit vielen Landsleuten verabscheute er die Regierung, die immer von Frieden und Wohlstand sprach, aber in erster Linie für die mächtige Rüstungsindustrie und die Großkonzerne arbeitete. Die den Reichen tiefere Steuern versprach, aber kaum etwas für die Ärmsten und Schwächsten tat. Die Länder mit sinnlosen Kriegen in die Anarchie trieb, so dass am Schluss der Drogen- und Menschenhandel florierte.

Ihm war klar, dass es sinnlos war, eine politische Karriere anzustreben. Die vielen Diskussionsforen im Internet boten eine viel schnellere und vor allem nahezu kostenlose Möglichkeit, seine Überzeugungen zu verbreiten. Alles, was man brauchte, war Zeit und ein paar Leute, welche von den gleichen Ideen überzeugt waren und diese in verschiedenen Sprachen fleißig verbreiteten. Außerdem ein paar smarte Programme, welche die Webseiten und Nachrichtenportale mit den immer gleichen Stichworten bedienten, damit man bei den Suchmaschinen ganz oben landete. Es hatte in diesen Jahren hervorragend funktioniert. Niemand interessierte sich wirklich dafür, wer hinter OMEGA stand. Es genügte, immer wieder die gleichen Grundwahrheiten zu betonen und gleichzeitig festzuhalten, dass man nicht kommunistisches Gedankengut vertrat. Ein paar neugierige Journalisten konnte man mit irgendwelchen Klatschgeschichten abspeisen.

Er nahm sein Tablet zur Hand und begann zu schreiben.

> *C: Europe is facing some major problems. traffic still low.*
> *Follower R: ok*
> *Follower G: ok*
> *Follower B: ok*

Er runzelte die Stirn. Einer der Follower, welche für diese Phase bestimmt war, gab keine Antwort. Was war wohl passiert? Es gab auch sonst keinerlei Informationen von ihm im verschlüsselten und anonymen Netz von OMEGA.

> *C: ?*
> *Follower G: nothing heard about him. will establish contact. sorry*

Nun ja, auch wenn einer der Follower wohl für kurze Zeit ausgefallen war oder sein Gerät verloren hatte, würde dies den großen Plan nicht aufhalten.

Auch Amerika würde seine Früchte ernten, aber zuerst war dieses dekadente und stolze Europa dran. Er faltete die Hände zu einem kurzen Dankgebet. Er wusste, dass der Geist ihn immer führte und die Diener des Guten zu Macht und Ansehen bringen würde. So oft hatte er dies erlebt, auch wenn die Anführer der großen Kirchen ihn mieden und verunglimpften. Das Gute würde am Ende siegen.

24. Dezember, 14:30 Uhr, Zürich City

Nach dem Essen und dem gemeinsamen Befüllen der Abwaschmaschine saß die ganze Familie gemütlich im Wohnzimmer bei Kaffee, selbst gebackenen Weihnachtskeksen und fröhlichem Austausch. Vittorio und Rosina hatten politisch und weltanschaulich feste Überzeugungen, ließen aber Pia, Roger und Renato sprechen, ohne in Dispute zu verfallen. Renato, der sonst eher schweigsam war, beteiligte sich eifrig an den Gesprächen.

Als der Winternachmittag sich schon langsam trübte und es erneut zu schneien begann, war für alle die Zeit zum Aufbruch gekommen. Roger hatte sich entschieden, doch noch schnell in der Bank vorbeizuschauen.

Alle wurden herzlich umarmt und mit Küssen von Rosina bedeckt. Sie hatte vorsorglich einige Plastiksäcke zum Mitnehmen der Geschenke bereitgelegt. Auch Renato verabschiedete sich herzlich, da er demnächst für einige Tage Skiurlaub machen würde.

24. Dezember, 05:45 Uhr (US Pacific Time), US Westküste

Mit einer Dreiviertelstunde Verspätung hatten sie es geschafft. Das modifizierte Update KB5236661 war aufgeschaltet und weltweit auf die Download-Server verteilt worden.

Nun mussten noch die Knowledge Base und die technischen Bulletins ergänzt werden. Diese Einträge würden dann automatisch in die wichtigsten Sprachen übersetzt werden. Innert weniger als einer Stunde würden Menschen in China, Lateinamerika, Frankreich, Deutschland und vielen weiteren Ländern die Korrekturmaßnahmen in ihrer Sprache lesen und anwenden können.

Die Systemspezialisten öffneten eine Flasche Prosecco und prosteten einander zu. Einige von ihnen würden noch einige Stunden bleiben, andere verabschiedeten sich, weil ihr Urlaub überfällig war.

Der hochrangige Leiter, der um halb sechs erschienen war, versprach, eine Untersuchung in die Wege zu leiten, wie es so weit gekommen war. Aber auch er hatte es eilig, in die Rocky Mountains zu fahren, wo für ihn und seine Partnerin ein luxuriöses Resort gebucht war.

24. Dezember, 15:15 Uhr, Bern

Veronica Meissner hatte aufmerksam die Neuigkeiten von Intersoft und anderen Nachrichtenkanälen gelesen. Sie fühlte sich frisch. Sie hatte nur noch ihre Mutter im Altersheim, die sie morgen besuchen würde. Ihr Bruder lebte und arbeitete schon seit vielen Jahren im Ausland. Sie würde am Abend mit einer Freundin durch das weihnächtliche Bern spazieren und in einem kleinen Restaurant etwas genießen.

Sofort hatte sie einen Mitarbeiter angewiesen, das modifizierte Update zu laden und im Zoo zu testen. Die Spezialisten, welche zum Teil aus anderen Bundesämtern oder Departementen stammten und sie unterstützten, hatten verschiedene Möglichkeiten, dieses zu untersuchen und die Unterschiede zwischen der ersten und der zweiten Version zu analysieren.

Rasch verfasste sie die entsprechenden Meldungen und bereitete sich auf eine Videokonferenz mit den wichtigsten Firmen und Organisationen vor.

Sie wusste, dass es viele Stunden dauern konnte, bis das modifizierte Update überall geladen und installiert war.

Es war auch keineswegs sicher, ob sich auf den Systemen noch irgendwelche Spuren der Schadsoftware befand, welche wie eine Zeitbombe schlummerte und später vielleicht noch größeren Schaden anrichten konnte.

Aber das machte ihr jetzt keine Sorgen. Sie war außerordentlich intelligent und wusste, dass man immer einen Weg fand, wenn man lange genug suchte.

24. Dezember, 15:45 Uhr, Opfikon (Zürich-Nordost)

Er wusste, dass seine Nachricht nun bald zwei Stunden überfällig war. Dummerweise hatte er sein Handy im Auto liegenlassen, und er hatte nicht den Mut gehabt, sie um den Autoschlüssel zu bitten und irgendetwas vorzuspielen, warum er jetzt unbedingt eine Nachricht absetzen musste.

Inzwischen gab es mehrere Anfragen von seinem Freund aus Deutschland. Er tippte ein paar Sätze ein, erfand irgendeinen Handy-Defekt und entschuldigte sich.

Wenige Minuten später rief ihn sein Freund aus Heidelberg an und sprach lange mit ihm. Er war zwar wie immer freundlich, und doch spürte Dieter eine gewisse Schärfe in seinen Worten und die Ermahnung, linientreu zu bleiben. Dieter antwortete ausweichend, entschuldigte sich aber und versprach, sich bald wieder zu melden. Sein Freund wünschte ihm alles Gute für die Festtage.

24. Dezember, 16:15 Uhr, Zürich Nord

Pia hatte es vorgezogen, in einem Restaurant in der Nähe zu warten und Roger hatte versprochen, nicht länger als eine halbe Stunde in der Bank zu bleiben.

Er hatte Müller, Sonderegger und ein paar weitere Mitarbeiter angetroffen. Sie waren auch tagsüber in Kontakt mit MELANI und dem CIO geblieben. Die Verbindung nach SWIFT Diessenhofen schien einigermaßen stabil zu sein. Inzwischen hatten aber auch die Internet-Server der Bank Probleme. Offenbar hatte sich das Security-Update irgendwann in der Nacht auch auf diese Server kopiert, und um die Mittagszeit hatten sich diese automatisch neu gestartet und den verhängnisvollen Trojaner installiert.

Müller hatte inzwischen Sorgenfalten im Gesicht und fuhr sich mit den Händen immer wieder durch die ungekämmten Haare. Seit dem Mittag plagten ihn heftige Kopfschmerzen, und die Schmerztabletten halfen nur wenig.

Er hatte den Störfall bisher auf Stufe 3 belassen. Aber alle Beteiligten wussten, was es bedeutete, wenn die Internet-Server verrücktspielten. Zum einen wäre die Internet-Präsenz der Bank gestört, aber das war das kleinere Übel. Die Bank hatte Hunderttausende von Benutzern des Online-Bankings, und viele von diesen würden gerade die Festtage nutzen, um Zahlungen einzugeben, welche noch vor Jahresende ausgeführt werden sollten, oder um ihre Wertschriften-Portfolios ein bisschen anzupassen.

Und wenn nur zwanzig oder dreißig Prozent der Leistung dieser Server ausfiel, würde dies den Mitarbeitern bei der Hotline Hunderte zusätzlicher Anrufe und manche Drohung bringen, die Bank zu wechseln.

Deshalb hatte Sonderegger die Monitore mit den Überwachungsprogrammen für diese Server ständig im Auge. Die anderen anwesenden Kollegen hatten zwar das modifizierte Update geladen und begonnen, dieses auf alle betroffenen Systeme zu verteilen. Aber im Moment waren Müller und Sonderegger eher mit Brände löschen beschäftigt als mit planvollen Arbeiten.

Roger dachte einen Moment nach. Während dem gemütlichen Austausch mit Pias Eltern war ihm ein Gedanke gekommen. Er setzte sich zu Müller und vergewisserte sich, seine Aufmerksamkeit zu haben.

„Du, Karl, wir haben doch da eine ganze Serverfarm im Integrationsbereich, auf welchen die Wertschriften-Applikationen auf Herz und Nieren getestet wurden. Diese haben alle einen Linux-Kern und das Betriebsystem wird emuliert. Gemäß Experten genügen sie damit den härtesten Sicherheitsanforderungen.

Sie sind zwar noch nicht für den produktiven Einsatz freigegeben worden. Aber du kannst ja hier nochmals einen 15A machen."

Er sagte dies im Scherz und nicht, um Müller zu hänseln. Ihm war bewusst, dass Müller sehr harte Arbeit leistete und dass die Verantwortung auf seinen Schultern lag. Und sie beide wussten, dass bei einem Störfall auf Stufe 4 oder 3 viele Paragraphen des Handbuchs nicht mehr in gleicher Weise anwendbar waren. Die Mitglieder des CERT hatten weitgehende Handlungsfreiheit, um den Störfall so rasch wie möglich zu beheben. Selbstverständlich mussten sie sich stets mit internen und externen Spezialisten absichern und gegebenenfalls den CIO einbeziehen, aber das Resultat zählte und nicht das starre Befolgen von Vorschriften.

Für die Bank konnten zehn Minuten Ausfall wichtiger Systeme Millionenverluste bedeuten, wenn große Börsentransaktionen nicht rechtzeitig ausgeführt werden konnten, oder wenn die Devisenhändler nicht schnell genug auf Kursschwankungen an den internationalen Märkten reagieren konnten. Am 24. Dezember lief zwar nicht mehr so viel wie an normalen Werktagen, aber es gab immer irgendwelche Großkunden, welche noch rasch eine Million Franken in Dollar oder Euro wechseln wollten. Und wenn solche Kunden verärgert waren, hatte es Konsequenzen für die Bank und damit letztlich für sie alle. Auch wenn die Finanzkrise schon mehr als zehn Jahre zurücklag, saß ihnen allen die Hektik jener Wochen und Monate noch in den Knochen.

Müller blickte Roger aufmerksam an: „Ich habe mir das auch schon überlegt und weiß ja, dass Veronica in die gleiche Richtung tendiert. Fredy ist noch ein bisschen skeptisch." Er machte eine Pause. „Aber die Entscheidung liegt schlussendlich bei mir." Zuerst stand er auf und goss sich eine Tasse schwarzen Kaffee ein. Dann winkte er Sonderegger heran und erläuterte ihm die Überlegungen von Roger. Sonderegger stellte einige Fragen zur Stabilität dieser Server. Schließlich nickte er Müller zu.

Müller sagte: „Also gut, wir versuchen es. Ich denke, die Kollegen vom Integrationssystem können in Kürze einen produktiven Server ersetzen. Wir starten mit dem SWIFT-Server für Brüssel und wenn er problemlos läuft, dann ersetzen wir auch den für Diessenhofen. Danke für den Tipp. Gut gemacht!"

Roger hatte bereits beim Eintreffen gesagt, dass er nicht lange bleiben könne, und blickte auf seine Uhr. Bereits waren etwa 40 Minuten vergangen. Er hoffte, dass Pia ihm keine Vorwürfe machen würde. Er bat Müller, ihn informiert zu halten, was bei einem Störfall auf Stufe 3 eigentlich unnötig war. Rasch verabschiedete er sich und verließ die Bank. Draußen hatte bereits wieder leichter Schneefall eingesetzt.

Pia wartete geduldig im Restaurant. Nach den vielen Gesprächen mit ihren Eltern und ihrem Bruder hatte sie sogar die ruhige Zeit genossen und einen starken Kaffee getrunken, weil sich Kopfschmerzen meldeten. Es musste wohl an dem Wetter liegen, dass alle paar Stunden änderte, aber meist nur neue dunkle Wolken und Schnee brachte. Nun war sie aber froh, dass Roger zurückkam und sie im zunehmenden Abendverkehr nach Hause fahren konnten.

Roger war nun sehr gesprächig. „Weißt du, wir können wohl auf andere Server umstellen, die nicht im gleichen Maße anfällig sind für dieses Update. Das dauert zwar eine Weile, aber wenn es funktioniert, dann sind wir bis morgen früh aus dem Gröbsten raus."

Pia sagte nichts. Ein Bekannter von ihr, der im Netzwerk-Support bei Koch Pharma arbeitete, hatte ihr einige WhatsApp-Nachrichten geschickt, woraus zu schließen war, dass auch Koch ernsthafte Probleme hatte. Zum Glück konnten die Produktionsbetriebe weitgehend autonom arbeiten, aber wenn diese Schwierigkeiten anhielten, würde auch Koch empfindliche Einbußen haben und einen Imageverlust erleiden.

Sie hatte sich auch fleißig mit Jennifer ausgetauscht. Dank den vielen Nachrichtensendern und –Portalen war Jennifer bestens informiert und hatte geschrieben, dass man eine extremistische Gruppe hinter den Problemen vermutete, wenn auch die einen diese im Umfeld von Al-Qaida ansiedelten und andere bei Kommunisten in Mittelamerika.

24. Dezember, 16:30 Uhr, Nähe Bern

Bauer wischte sich über die Stirn. Noch dreimal hatte er die Leistungen des Supports beanspruchen müssen. Schlussendlich hatte die Supporterin zusammen mit einem Herrn Odermatt, den er nicht kannte, mehrere Funktionen auf einen Server kopiert, der sonst nicht in Betrieb war. Danach hatten sie alle betroffenen Server heruntergefahren. Sie versprachen ihm, bis um sechs Uhr zumindest temporär wieder eine Netzwerkverbindung für das bargeldlose Bezahlen einzurichten.

Die Kassensysteme schienen wieder stabil zu laufen.

Bauer hatte auch noch zweimal mit seiner Freundin telefoniert und vereinbart, erst am anderen Morgen in den Urlaub zu fahren.

Aus purer Höflichkeit rief er den Filialleiter auf seiner Handy-Nummer an, aber niemand nahm ab. Er hinterließ eine Nachricht und stellte dann sein Handy auf lautlos. Er stand auf, entschlossen, mit der Stellvertreterin des Filialleiters einen Kaffee zu trinken und ein bisschen zu scherzen.

Beim Kundendienst waren immer noch lange Schlangen von Leuten mit überfüllten Einkaufswagen.

24. Dezember, 17:00 Uhr, Bern

Veronica Meissner hatte sich kurz mit den systemkritischen Firmen und Organisationen ausgetauscht. Sie war froh, dass es im Energiesektor, bei den Flughäfen und den Bahnen bisher keinerlei Probleme zu geben schien. Dies konnte zweierlei Gründe haben. Entweder schlug der Trojaner nur selektiv aufgrund der Netzwerkadressen zu, oder manche Unternehmen hatten mit der Installation des Sicherheits-Updates bis nach den Feiertagen gewartet. Die Energieunternehmen hatten mehrheitlich geschlossene Netzwerke, welche nicht mit dem Internet verbunden waren. Deshalb mussten sie auch Updates, welche vor Angriffen aus dem Netz schützten, nicht mit der gleichen Priorität wie andere Unternehmen installieren.

Dafür gab es bereits die ersten Nachahmungstäter oder Trittbrettfahrer. Irgendjemand aus Osteuropa verschickte hunderttausende E-Mails, welche scheinbar von Intersoft stammten. Diese enthielten irre Warnungen vor gefährlicher Schadsoftware und den Hinweis, man solle auf den Link klicken, um eine Schutzsoftware herunterzuladen. Wenn man tatsächlich auf den Link klickte, lud man etwas herunter, dass beim Online-Banking zu unangenehmen Situationen führen konnte.

Wenn man fast täglich mit solchen E-Mails konfrontiert war, entlockte dies einem höchstens ein müdes Lächeln. Der Text war in miserablen Englisch verfasst und der Absender war nicht support.intersoft.com, sondern support.intersoft.co, was darauf hindeutete, dass eine gemietete oder gehackte Website von Kolumbien verwendet wurde.

Meissner verfasste die nächste Meldung.

MELANI. #735-7A. KLASSIFIZIERUNG GEHEIM.
Netzwerkprobleme bestehen weiterhin, können aber teilweise unter Kontrolle gebracht werden. Modifikation des Updates durch Hersteller Intersoft steht zur Verfügung. Beurteilung durch Experten gut. Die Gruppe, welche die Malware eingebracht hat, muss als gefährlich betrachtet werden. Weitere Störmanöver nicht ausgeschlossen. Nächste Info 0800 DEZ25.
MELANI - KLASSIFIZIERT.

Aufgrund des mündlichen Austausches mit den betroffenen Firmen und Organisationen war eine weitere ausführliche Information nicht mehr nötig. Sie beschränkte sich auf eine kurze Zusammenfassung, welche nicht klassifiziert war. Sie hatte mit Friedrich Hoyer vereinbart, dass dieser noch bis etwa um Mitternacht vor Ort bleiben und dann eine Nachricht vorbereiten würde, die am Weihnachtstag um acht Uhr morgens automatisch aufgeschaltet würde, falls sich nichts Außerordentliches mehr ereignen würde. Zwar galten für die Mitarbeitenden von MELANI andere Dienstregeln als für die übrigen Staatsangestellten, aber sie machten keine Nachtschichten, wenn die Lage einigermaßen unter Kontrolle war. Micop hatte heute wohl am meisten leiden müssen. Mit UCS hatte sich die Zusammenarbeit gut entwickelt.

Insgeheim freute sie sich natürlich, dass die technischen Mitarbeiter bei UCS auf eine Lösung mit sicheren, Linux-basierten Servern gekommen waren. Dies war sozusagen ihr Steckenpferd. Aber die Bank war schlussendlich für ihre eigenen Systeme verantwortlich, und MELANI hatte eine beratende und unterstützende Funktion.

Nun war es draußen dunkel geworden, und Veronica Meissner freute sich auf den freien Abend und den Ausflug in die Berner Altstadt.

25. Dezember – Weihnachten

25. Dezember, 08:00 Uhr, Bern

Friedrich Hoyer hatte am frühen Abend wieder Veronica Meissner abgelöst und die Spätschicht bei MELANI übernommen. Da er allein lebte, machte es ihm nichts aus, ab und zu nachts zu arbeiten. Wie vereinbart hatte er bis kurz nach Mitternacht noch gearbeitet, die Netzwerke überwacht und insbesondere die Meldungen von SWIFT und von den ausländischen Banken studiert.

Am frühen Abend hatte er sich zusammen mit Meissner nochmals mit den Experten ausgetauscht, welche dann nach Hause gefahren waren, um mit ihren Angehörigen Weihnachten zu feiern oder in den Urlaub zu fahren.

Anstatt in der Nacht eine Nachricht vorzubereiten, war er früh aufgestanden und hatte nochmals alle zur Verfügung stehenden Informationen konsultiert.

MELANI. #735-8. Netzwerkprobleme bestehen teilweise noch, sind aber weitgehend unter Kontrolle. Neue Version des Intersoft-Updates verursacht bisher keine Probleme. Nächste Info bei Bedarf. MELANI.

Um die Informatik- und Netzwerkbetreiber vor unnötigen Anfragen zu bewahren, verfasste er eine weitere Pressemeldung.

PRESSEMELDUNG

Eidgenössisches Departement für Verteidigung, Bevölkerungsschutz und Sport

25. Dezember, 08:15 Uhr

Am 24. Dezember wurde informiert, dass bei der Installation eines Sicherheits-Updates Netzwerkprobleme entstehen können. Der Hersteller Intersoft hat eine korrigierte Version zur Verfügung gestellt. Es wird dringend

empfohlen, die aktualisierte Version des Security-Up-dates gemäß KB5236661 herunterzuladen und zu installieren.

Für weitere Informationen verfolgen Sie bitte die Nachrichten auf <u>www.melani.admin.ch</u> **und wenden Sie sich an Ihren System- oder Netzwerkbetreiber.**

Nun war der Tag auch für Hoyer frei. Er hatte vor, Freunde in den Bergen im Berner Oberland zu besuchen und am anderen Tag vielleicht Schneeschuh laufen zu gehen. Inzwischen hatte es an vielen Orten in den Bergen fast zwei Meter Schnee.

Er nahm sich aber vor, gegen Mittag nochmals kurz im Büro vorbei zu schauen, ob es irgendwelche dringenden Meldungen gab.

25. Dezember, 09:30 Uhr, Wallisellen

Sandra Kuhn hatte frei. Heute und morgen musste sie Karl Müller nicht mehr ablösen. Mit Stufe 3 waren viele Kolleginnen und Kollegen in der Bank eingetroffen, wovon einige die Ausbildung und Erfahrung für den Einsatz im CERT hatten. Sie wusste, dass es Müller nichts ausmachen würde, zusätzliche Stunden in der Bank zu arbeiten.

Am Abend hatte sie noch lange über das Gespräch mit Dieter nachgedacht. Irgendetwas ließ ihr keine Ruhe, sie hatte das Gefühl, dass es sehr wichtig wäre, diesen Menschen näher kennen zu lernen. Gab es wohl irgendein Geheimnis in seinem Leben? Sie spürte auch, dass er ziemlich unsicher war und sich bei gewissen Fragen wie eine Schnecke in ihr Haus zurückzog. Wenn sie zu direkt auf ihn losging, würde er vielleicht misstrauisch werden. Also hatte sie sich eine List ausgedacht. Ohne lange zu zögern, suchte sie im Intranet der Bank die Handy-Nummer von Dieter und griff zum Telefon. Nach kurzem Läuten wurde es abgenommen. „Hallo Dieter, hier spricht Sandra Kuhn. Ich hoffe, ich störe dich nicht."

„Nein, kein Problem."

„Zuerst wünsche ich dir schöne und stressfreie Weihnachten."

„Danke." Wie gewohnt war Dieter ein bisschen wortkarg.

„Mir ist noch etwas in den Sinn gekommen wegen den Problemen gestern. Du hast doch ziemlich genau die Meldungen und den Netzwerkverkehr von SWIFT aufgezeichnet. Ich würde das gerne mit dir durchgehen und schauen, ob es bestimmte Muster im Netzwerk oder in der Ausbreitung des Updates gibt. Ein Stück weit bin ich es gegenüber Karl auch schuldig, das genau zu analysieren."

„Ja, ist gut, ich schick dir die Protokolle gerne per Mail."

„Oh nein, da fehlt mir das Detailwissen, und du hast bestimmt Tools, um den Netzwerkverkehr zu analysieren." Das war eine Untertreibung, aber das gehörte zu ihrem Plan. „Also, wenn du keine Familienfeier oder so hast, würde ich es gerne mit dir zusammen anschauen. Natürlich nur, wenn du keine anderen Pläne für heute hast. Du kannst die Stunden natürlich als Arbeitszeit aufschreiben mit den üblichen Zuschlägen."

Dieter schwieg einen Moment und Sandra dachte an die vorsichtige Schnecke. Doch dann sagte er: „Familienfeiern habe ich zum Glück keine, meine Eltern sind in die Ferien gefahren. Ich hab' auch sonst nichts Besonderes vor heute, und das Wetter ist ziemlich trüb. Wo wollen wir uns treffen?"

Auch darüber hatte Sandra nachgedacht. „Vielleicht fahren wir am besten in die Bank, es gibt dort diverse Räume, die heute sicher nicht benutzt werden, und wir haben die großen Bildschirme zur Verfügung. Ich hole dich wieder ab. Geht das für dich?"

Dieter sagte sofort zu: „Ja, das ist gut, ich bin etwa in zwanzig Minuten bereit. Danke. Bis später."

„Ja, bis später. Ciao."

Sandra war zufrieden. Sie hatte gedacht, dass es Dieter vielleicht unangenehm sein würde, wenn sie zu ihm kam, dass er aber zwischendurch gerne ein bisschen aus dem Haus ging. Sie füllte eine Thermoskanne mit Kaffee und holte ein wenig Gebäck aus der Gefriertruhe. Dieses würde im Ofen in wenigen Minuten schön frisch gebacken werden.

25. Dezember, 10:00 Uhr, Zürich Nord

Sandra wartete mit laufendem Motor vor dem Wohnhaus Dieters und rief ihn auf dem Handy an.

Dieter schien im Mantel auf sie gewartet zu haben, er stand in kürzester Zeit vor dem Haus. Sie stieß die Beifahrertür für ihn auf und löste langsam die Kupplung, noch während er am Einsteigen war. In weniger als zehn Minuten bog sie ins Parkhaus des großen Bürogebäudes ein. Heute war fast alles frei.

Sie mussten nur eine Etage hoch ins zweite Untergeschoss gehen, wo der Kontrollraum war. Sandra hatte aber einen anderen Raum ausgesucht, der auch für Schulungen und größere Sitzungen benutzt wurde. Dieser war hell beleuchtet und angenehm klimatisiert. Sie stellte die Thermoskanne und den Papiersack mit dem duftenden Gebäck auf den Tisch. „Wenn du lieber Tee möchtest, kannst du dir einen beim Automaten holen."

„Danke, ich trinke einen Schluck Wasser." Fast in jedem größeren Raum standen Flaschen mit Mineralwasser und Becher zur Verfügung.

Inzwischen hatte Sandra einiges Gebäck auf einer Serviette ausgebreitet und ihm zugeschoben. Nun setzte sie sich gegenüber von Dieter hin und blickte ihm in die Augen. „Weißt du, es hat mich sehr gefreut, dich gestern näher kennen zu lernen. Bei der Arbeit kommt man ja oft nicht so miteinander in Kontakt, außer ein bisschen Smalltalk und ab und zu ein Glas Wein. Ich schätze es sehr, die Kollegen auch als Menschen zu erfahren."

Dieter nickte, sagte aber nichts.

„Ich dachte, ich erzähle zuerst ein bisschen von mir selbst. Ich bin in Oerlikon aufgewachsen und hab dann an der ETH studiert. Zuerst zwei Semester Mathematik, aber das war mir ein bisschen zu theoretisch, darum habe ich zur Informatik gewechselt. Nach dem Master konnte ich noch zwei Semester in Kalifornien machen. Das war mega interessant, und es ist für unser Geschäft natürlich immer gut, wenn man das Englisch gut beherrscht.

Zurück in Zürich war ich ein paar Jahre bei einer Privatbank, bis Karl mich abgeworben hat." Sie lachte. „Karl ist ein entfernter Verwandter meiner Mutter, und sie hat ihm einen Tipp gegeben. Ich verstand mich auf Anhieb gut mit Karl, und er hat mir von Anfang an versprochen, dass er mir auch verantwortungsvolle Aufgaben geben würde, weil ich mich im Bankenumfeld schon gut auskenne. Ja, und so bin ich zu den Nachtschichten gekommen. Aber du ja auch."

„Ja, das macht mir nichts aus, wenn es nicht gerade jede Woche ist. Und gestern war ja ziemlich was los."

„Und du warst in Zürich an der Uni?"

„Ja, für mich war klar, dass ich mit Schwerpunkt Wirtschaftsinformatik studieren möchte. Als Nebenfach hatte ich Politikwissenschaft und internationale Beziehungen."

„Wow, das tönt interessant, hattest du das auch schon in Heidelberg?"

„Nein, in Heidelberg hatte ich nur wenig Zeit ins Nebenfach investiert. Ich war dort ziemlich intensiv mit einer religiösen Gruppe unterwegs."

Sandra spürte, dass sie hier zumindest einem der Geheimnisse von Dieter auf der Spur war, wollte ihn aber nicht bedrängen. „Uh, das tönt interessant, war das eine Art Freikirche?"

„Ja, es war eine Abspaltung einer größeren Freikirche, die international verbreitet ist. Viele von denen leben in Wohngemeinschaften und sondern sich ziemlich stark von der Gesellschaft ab. Aber es hat ein paar tolle Typen dabei. Mit einigen habe ich immer noch Kontakt."

„Das freut mich für dich. Gute Freundschaften muss man pflegen, das habe ich mir auch vorgenommen. Und deine Eltern sind fortgefahren, hast du gesagt?"

„Ja, sie wollten an die Wärme. Weißt du, ich habe nicht so eine enge Beziehung zu ihnen. Sie … ich … wir hatten ein paar Probleme früher. Das war auch der Grund, dass ich nach der Kantonsschule nach Heidelberg ging."

„Und hast du sonst Freunde, treibst du Sport, hast du Hobbys? Sorry, ich will dich nicht ausfragen, es interessiert mich einfach. Aber du kannst jederzeit die Aussage verweigern."

Dieter lachte und wirkte nun ein wenig entspannter. „Kein Problem, du kannst mich alles fragen. Ich sag dir dann schon, wenn du mir zu nah an die Pelle rückst.

Also, ich habe ein paar gute Kollegen in der City. Mit denen geh ich oft essen, und manchmal spielen wir nach der Arbeit Billard. Zuhause gehe ich viel in den Wald biken. Manchmal fahre ich auch zum Flughafen und laufe ein bisschen rum und überlege mir, wohin ich in die Ferien fliegen könnte. Oft bleibt es aber bei den Plänen. Ab und zu fahre ich mit dem Zug nach Heidelberg und treffe dort ein paar Leute. Mit dem ICE ist man ja recht schnell dort."

„Ich bike auch gerne, aber in letzter Zeit bin ich nicht mehr so dazu gekommen, weil ich berufsbegleitend noch einige Kurse besuche. Vielleicht können wir ja mal zusammen biken gehen, dann kannst du mich ein bisschen motivieren."

Dieter nickte. „Ja, klar. Können wir gerne machen."

Sandra spürte, dass es Zeit für einen Themawechsel war. Sie stand auf, holte ihr Notebook und schloss es an einen der großen Bildschirme an. „Wollen wir jetzt mal die Netzwerk-Logs anschauen? Du hast ja wohl alles hochgeladen?"

Dieter nickte und deutete auf einen Link auf dem Notebook von Sandra. „Schau mal da rein."

Sandra las die Einträge und startete ein Netzwerk-Analyse-Programm, welches Dieter ihr angab. Gemeinsam konnten sie nun die Analysen betrachten und miteinander diskutieren.

25. Dezember, 11:00 Uhr, Zürich West

Sven Odermatt lehnte sich zurück. Nach vielen Stunden harter Arbeit schien die Situation einigermaßen unter Kontrolle zu sein. Er hatte sich telefonisch mit seinem Vorgesetzten, dem Leiter der Informatik und der Firma, welche für den Server-Betrieb zuständig war, abgesprochen und vereinbart, dass er um Mittag nach Hause gehen, aber periodisch über sein Notebook den Status der Server und Netzwerke des großen Konzerns überwachen würde.

Die externe Firma hatte grundsätzlich 24-Stunden Betrieb und würde die Netzwerke überwachen. Da sie aber Hunderte von Kunden hatten, welche zum Teil mit ähnlichen oder schlimmeren Problemen kämpften, wollte Odermatt sichergehen, dass nach Weihnachten wieder alles ordnungsgemäß lief.

25. Dezember, 11:15 Uhr, Zürich Nord

Sandra und Dieter hatten wohl eine Dreiviertelstunde konzentriert gearbeitet. Sandra hatte ihm viele Fragen zu den Netzwerkaktivitäten von SWIFT gestellt und staunte über seine detaillierten Kenntnisse. Für sie war auch der Eindruck entstanden, dass Dieter das Verhalten des Intersoft-Updates sehr genau verstand. Sie verspürte einen Detektiv-Instinkt und wollte noch mehr herausfinden. Um ein bisschen nachdenken zu können, stand sie auf und schenkte Dieter nochmals Wasser und sich selbst Kaffee ein. Dann legte sie nochmals Gebäck in die Mitte.

„Also für mich ist es gut. Ich denke, ich habe die wichtigen Dinge verstanden. Ich schreibe dann einen ausführlichen Bericht für Karl und zeige dir diesen, bevor ich ihn abschicke."

Dieter nickte. „Ja, ich schau das gerne durch und werde es wo nötig noch ergänzen. Toll, dass du dich so einsetzt. Ich verstehe jetzt, dass Karl dich so fördert."

„Ja, ich mach das auch gerne. Ich hab' dann Ende Januar eine Woche Ferien. Und morgen wird es wohl ruhiger werden. Du hast aber auch sehr gute und detaillierte Arbeit gemacht. Hast du die Angaben von MELANI ganz genau studiert?"

Dieter schüttelte den Kopf. „Nicht so genau. Ich habe einfach anhand der Netzwerkprotokolle das Verhalten des Updates nachgezeichnet. Wenn ich so einen Trojaner programmieren würde, würde ich es wohl auch so machen. Schlau gemacht. Und vielleicht ist das erst der Anfang, wer weiß."

Sandra nickte. „Ja, das kann ich mir durchaus vorstellen. Wenn sich da solche … speziellen … Gruppierungen bei Intersoft reinhacken, dann ist ja fast alles möglich. Oder denkst du, die sind selbst bei Intersoft drin?"

„Ich kann es mir durchaus vorstellen. Die testen ja die Updates ziemlich gründlich. Es kann aber auch sein, dass sich der Trojaner aufgrund der Netzwerk-Adressen bei Intersoft anders verhält als draußen."

Sandra nickte langsam. „Ist jedenfalls sehr interessant. Ich werde mich mit Veronica noch dazu austauschen. Aber glaubst du, dass da die Russen oder Chinesen dahinterstehen."

Dieter dachte eine Weile nach. „Kaum. Es könnte eine politisch extreme Gruppierung aus den USA oder aus Europa sein."

Auch Sandra schwieg einen Moment. Nun beschloss sie einen Frontalangriff. „Du hast ja von den Leuten in Heidelberg erzählt. Oft haben doch solche religiösen Bewegungen auch enge Kontakte zu Gruppierungen in den USA. Und manchmal sind die auch politisch aktiv. Ich habe zum Beispiel von Leuten gehört, die Abtreibungskliniken angegriffen haben, und Ärzte, die Abtreibungen machen, haben Morddrohungen bekommen. Weißt du, ich habe volles Verständnis für die religiösen Gefühle dieser Menschen. Aber Gewalt ist doch keine Lösung, oder?"

Dieter überlegte. „Nein, es ist keine Lösung, und ich finde das auch nicht richtig. Aber manchmal muss man das System in Frage stellen. Oder Sand ins Getriebe streuen."

Sandra schwieg wieder und ließ diese Worte auf sich wirken. Dieter war hochintelligent. Es ging ihm offenbar nicht darum, ein Versteckspiel zu spielen. Er ließ sich von ihren Fragen nicht in die Ecke drängen. „Okay. Ich glaube, ich verstehe dich. Aber was ist an unserem System denn so falsch? Sind wir denn so korrupt? Oder geht es um den Umweltschutz? Oder um die Säkularisierung der Menschen?"

Dieter nahm den Faden sofort auf. „Nein. Der Kapitalismus macht die Menschen kaputt. Versteh mich recht, ich bin weder Kommunist noch Anarchist. Aber die meisten Menschen lassen sich nur noch über Geld steuern. Schau dir doch unsere Bank an. Wie sie nach ihren Boni hecheln. Und den Chefs beinahe in den Arsch kriechen, um eine Lohnerhöhung oder Beförderung zu erhalten."

Er hielt einen Moment inne. „Also, ich hab' das jetzt nicht persönlich gemeint. Aber du kennst doch diese Haar-Gel-Typen bei den vermögenden Privatkunden. Was haben die noch für Werte?"

„Ja, ich verstehe dich gut, ich mag diese Leute auch nicht. Einer hat mich mal versucht anzumachen bei einer internen Weiterbildung. Dem hab' ich ziemlich klar gesagt, was ich von ihm halte. Aber kannst du die Welt verändern?"

„Nein, die Welt kann ich nicht verändern. Aber eben, wir streuen Sand ins Getriebe."

Sandra registrierte den Wechsel von „ich" zu „wir" genau. Sie blickte ihm in die Augen und legte ihre Hand auf die seine.

Dieter schwieg eine Weile. Er schien mit sich zu kämpfen.

„Meine Freunde in Heidelberg haben möglicherweise Kontakt mit solchen Leuten, die sich in Systeme reinhacken. Es ist eine ziemlich verschworene Gruppe. Soviel ich weiß, sitzen die Chefs an der US-Ostküste. Gewaltlosigkeit ist oberstes Prinzip. Aber eben, sie streuen Sand ins Getriebe und wollen den Menschen zeigen, dass sie auf dem falschen Dampfer sitzen. Ich habe mich in letzter Zeit ein bisschen von diesen Leuten in Heidelberg distanziert, weil sie alles so religiös, ein bisschen fanatisch verbrämen. Aber wenn das System wirklich so gottlos ist, muss es fallen. Auch das römische Reich musste untergehen, weil es dekadent war. Und so manches Reich ging an seinen selbstproduzierten Übeln zugrunde. Im Mittelalter haben die Königsfamilien immer untereinander geheiratet. Schlussendlich waren fast alle Männer Bluter, weil es keine genetische Vielfalt mehr gab. Ich glaube, dass sich die Welt verändern muss, dass die gravierenden Unterschiede zwischen uns und den Entwicklungsländern aufhören müssen. Entweder geht es ihnen besser oder uns schlechter."

Sandra hatte ihm aufmerksam zugehört, ohne ihn zu unterbrechen. „Wow. Aber du machst da nicht mit und setzt einen Trojaner in unserem Netzwerk aus?" Sie lachte, um ihrer Frage die Schärfe zu nehmen.

„Nein, das ist nicht nötig. Ihr ladet sie ja selbst runter!" Dieter hatte sich in Rage geredet.

Sandra lachte. Sie wusste gut genug, dass es im Internet nicht immer klare Linien zwischen Freund und Feind gab. Dass viele Geheimdienste mit zweifelhaften Methoden arbeiteten und oft genug die Grenzen des Gesetzes missachteten. Dass sich viele Gruppen mit kruden Weltanschauungen auf allen möglichen Plattformen tummelten.

„Du bist lustig. Ich behalte das für mich. Karl würde dich wohl hochkant rauswerfen, wenn er erfährt, mit welchen Leute du in Verbindung bist. Aber ich möchte, dass du mir ein anderes Mal noch mehr über diese Leute in Heidelberg erzählst. Ich würde dann gerne im Netz ein bisschen forschen, was die so für Positionen haben. Ist es so eine Art Endzeitkirche?" Sie versuchte, möglichst keine Worte wie „Sekte" oder „Verschwörung" in den Mund zu nehmen.

„So kann man es nennen. Aber wie gesagt, ich nehme auch nicht mehr alles wörtlich, was die sagen. Einer der Leiter in Deutschland ist kürzlich wegen Ehebruch und möglicherweise Sex mit Minderjährigen aufgeflogen. Aber der war mir noch nie sympathisch. Ich habe vor allem noch mit einem ehemaligen Leiter Kontakt und mit ein paar Gleichaltrigen."

Dieter wirkte jetzt sehr entspannt. „Weißt du, ich hatte mit 18 ein Drogenproblem. Meine Eltern hat das natürlich mega gestresst, und mein Vater hat mir geraten, eine Weile ins Ausland zu gehen. Er hat mir einen großzügigen Vorschuss gegeben und ich habe dann jeweils am Samstag in einem Restaurant auf dem Campus gearbeitet, um mir das Studium zu verdienen. Ich habe bei der Familie dieses früheren Leiters der Gruppe gewohnt, und die waren echt lieb zu mir. Sie haben mir geholfen, mit den Drogen Schluss zu machen."

Sandra sah ihn wieder an: „Wow, das war sicher eine sehr intensive Zeit für dich."

„Ja, allerdings, aber ich habe viel über mich selbst, über die Welt und die Menschen gelernt. Ich habe auch einige Bücher über religiöse Gruppierungen gelesen und mich auch in Zürich intensiv damit auseinandergesetzt. Und es hat mir und meinen Eltern sehr geholfen. Mit räumlicher Distanz geht für beide Seiten Vieles besser. Mit meinem Vater habe ich inzwischen ein gutes Verhältnis. Meine Mutter hat ein bisschen einen Kontrollzwang. Aber das hängt wohl auch mit meiner Geschichte zusammen. Ich habe früher etwa ein Jahr lang mehrheitlich auf der Straße oder bei zweifelhaften Freunden gelebt. Und ein paar Mal habe ich meinen Eltern Geld geklaut, um Stoff zu beschaffen. Ich habe aber kein H genommen, sondern Koks und Partydrogen."

Sandra blickte auf die Uhr. Es war beinahe Mittag. „Wenn du möchtest, können wir gerne etwas essen gehen. Hast du Hunger?"

Dieter schüttelte den Kopf. „Danke, ich habe heute spät und ausgiebig gefrühstückt."

Sandra hatte eine Idee. „Aber dann lass uns doch auf dem Heimweg nochmals in das Restaurant gehen und einen deiner Früchtetees trinken. Dann können wir sonst noch ein wenig schwatzen."

Dieter nickte. Er schien sich in ihrer Gegenwart wohl zu fühlen.

„Ich gehe nur kurz rüber und verabschiede mich von den anderen. Aber du kannst hier warten, wenn du möchtest. Iss noch etwas." Sie schob abermals die Serviette mit dem Gebäck in seine Nähe.

25. Dezember, 12:00 Uhr, Bern

Nachdem er Zuhause alle seine Sachen gepackt und die Winterausrüstung in sein Auto geladen hatte, war Hoyer nochmals die kurze Strecke nach Bern gefahren, um sich zu vergewissern, dass die Situation unter Kontrolle war.

Verwundert blickte er auf die verschiedenen Bildschirme vor sich und an der Wand.

Alle Überwachungsprogramme zeigten, dass die Netzwerke der Firmen und Organisationen wieder völlig normal arbeiteten. Auch von SWIFT waren keinerlei Meldungen mehr gekommen.

Es schien, als hätte der Trojaner im Security-Update KB5236661 exakt um die Mittagszeit des Weihnachtstags alle Aktivität eingestellt.

In diesem Moment begann sein Handy zu vibrieren. Es zeigte an, dass der Anrufer seine Nummer unterdrückt hatte. Er nahm den Anruf sofort an, ahnend, woher er kam. „Hoyer".
Die bekannte Stimme mit dem schwäbischen Akzent: „Hallo Friedrich!"
„Hallo Kurt, toll, dass du dich nochmals meldest!"
„Klar, ich sprech' doch gerne mit euch kriegstüchtigen Schweizern."
Hoyer überhörte die Ironie in den Worten seines Kollegen. Gemessen am Bruttoinlandprodukt hat die Schweiz wesentlich höhere Ausgaben für das Militär und die Sicherheit als viele andere europäische Länder.
„Und, hast du den Durchblick?" Ihm war klar, dass sein Kollege aus Deutschland mitten am Weihnachtstag nicht nur zum Plaudern anrief.
„Ja, beinahe. Meine Experten haben da sehr interessante Nachrichten von einigen befreundeten Diensten zusammengetragen, und das ergibt nun ein aufschlussreiches Bild. Also, der Chef dieser ominösen Gruppe namens OMEGA versteckt sich zwar immer noch hinter diversen Identitäten im Netz, aber aufgrund von automatisierten Sprachanalysen wurden Parallelen zu einer recht bekannten Person gefunden. Sagen wir mal, etwa 90 Prozent Übereinstimmung in Wortwahl, Satzaufbau, und so weiter.
Diese Person war ein Pastor in einer der größten Freikirchen der USA. Aufgrund von theologischen Differenzen hat diese Kirche ihn aber vor etwa zehn Jahren rausgeworfen. Es sieht so aus, dass er einige getreue Anhänger um sich sammeln konnte. Er hat aber nicht,

wie es oft geschieht, eine neue Kirche gegründet, sondern eben eine Art Geheimbund.

Und nun halt dich fest: Diese Mega-Freikirche, wo er vorher war, hat diverse Ableger in Deutschland und in einigen anderen europäischen Ländern. Und als dieser Typ rausgeworfen wurde, haben offenbar fast zeitgleich einige langjährige Mitglieder dieser Kirchen in Europa ebenfalls ihre Gemeinschaften verlassen.

Nun, ich kenn mich mit solchen Kirchen und Sekten nicht gut aus, aber ich denke, die haben entweder Bücher dieses ... was auch immer gelesen oder aufgezeichnete Predigten von ihm geguckt. Manche dieser Super-Pastoren reisen offenbar auch in der ganzen Welt herum und predigen die Leute an.

Übrigens ist meine Tochter auch in so einem Verein, und ich habe sie gestern Abend ein bisschen ausgefragt.

Nur den Namen dieses Typen kann ich dir leider nicht sagen, die Information ist bei uns sofort klassifiziert worden. Offenbar sehen unsere Spezialisten eben doch ein gewisses Gefahrenpotenzial bei solchen Organisationen." Er machte eine Pause.

Hoyer gab einen zustimmenden Laut von sich, um zu zeigen, dass er noch am Telefon war, und dachte einen Moment nach.

„Genial, Kurt, wie ihr das wieder hingekriegt habt. Man muss einfach die richtigen Freunde haben." Auch in seine Worte legte er eine Prise Ironie. Es war wohlbekannt, dass die deutschen Politiker noch vor wenigen Jahren ein schweres Zerwürfnis mit den Vereinigten Staaten gehabt hatten, als bekannt wurde, dass verschiedenste Abhörmaßnahmen auf deutschem Hoheitsgebiet liefen und wohl sogar das private Handy der Kanzlerin abgehört wurde.

Der Mann aus Deutschland überhörte dies und fuhr unbeirrt weiter: „OMEGA scheint einige politische Ziele zu verfolgen, aber in erster Linie muss es als eine Art religiös inspirierter Geheimbund angesehen werden. Du kennst ja sicher das Buch oder den Film ‚Illuminati', du kannst dir etwas in diese Richtung vorstellen." Er lachte schallend. „Aber wir wollen nicht übertreiben. Mit dem Papst haben sie offenbar keine Probleme. Es kursieren verschiedene Schriften, aber die halten sie auch unter Verschluss. Sie benutzen ein mehrfach verschlüsseltes und anonymisiertes Netzwerk, das so nach dem Zwiebelschalenprinzip aufgebaut ist. Du hast sicher schon davon gehört." Hoyer dachte wieder einen Moment nach. „Ja, das kenne ich. Sogar in meinem Alter darf ich beim Bund noch Fortbildungskurse besuchen. Also, das ist wirklich toll, wie ihr das geschafft habt. Ihr bleibt da sicher dran, und wir können uns auch im neuen Jahr wieder austauschen. Übrigens sieht es so aus, dass der Trojaner heute Punkt zwölf Uhr mittags seine Aktivität eingestellt hat. Natürlich wissen wir nicht, ob das nur die Ruhe vor dem Sturm ist. Aber es passt irgendwie alles zusammen. Die haben offenbar die Fäden in ihrer Hand und lassen unsere Netzwerke wie Marionetten rumtanzen. Und plötzlich ist das Spiel zu Ende. Aber niemand weiß, wann und wie es weitergeht." Er seufzte.

„Ja, da hast du ganz recht. Organisierte kriminelle Gruppen kann man überwachen, weil sie genau ein Ziel verfolgen. Aber hier müssen wir uns zuerst über die Ziele und Methoden schlau machen. Und übrigens, es sieht so aus, dass sie sich zu strikter Gewaltlosigkeit verpflichtet haben. Und solange es nicht strafrechtlich relevant ist, sind uns jedenfalls die Hände gebunden. Heute könnten wir sie in Deutschland höchstens unter irgendeinem Datenschutzartikel verklagen, aber du weißt ja, wie schwammig diese Paragraphen manchmal sind. Eher müssten wir wohl Intersoft den Prozess machen. …
Jedenfalls wünsche ich dir und deinen Kollegen schöne Weihnachten und gute Erholung. Ich fahre heute Nachmittag auch in den Urlaub. Aber du kannst mich über die Zentrale erreichen, wenn du noch etwas brauchst."

„Ganz herzlichen Dank, Kurt! Du hast uns wirklich viel geholfen, und das wissen wir sehr zu schätzen. Auch dir ein schönes Fest und eine gute Zeit im Urlaub. Bis bald."
Hoyer beendete die Verbindung und schrieb einige Stichworte auf einen Zettel. MELANI war normalerweise am 25. und 26. Dezember nicht personell besetzt, aber verschiedene Leute standen auf Abruf bereit, falls ein Notfall eintrat.

Es war nun auch an der Zeit, nochmals mit dem Verteidigungsminister zu telefonieren. Aber er wollte nachdenken und nichts überstürzen.

25. Dezember, 12:10 Uhr, Zürich Nord

Sandra Kuhn war nur kurz in den Kontrollraum gegangen. Niemand fragte sie groß, warum sie heute hier war. Man nahm wohl an, dass sie in irgendeinem Büro an einem Bericht geschrieben hatte.

Die Tische im Raum waren inzwischen mit umgestoßenen Kaffeebechern, Nahrungsresten, vollgekritzelten Papierstücken, Büroklammern und hingeworfenen Kleidungsstücken übersät.

Sandra, welche Zuhause und in ihrem Büro eine pedantische Ordnung hatte, beobachtete alles mit Unbehagen, sagte aber nichts.

Sie schüttelte ihren Kollegen und Kolleginnen die Hand und wünschte allen frohe Weihnachten.

Dann ging sie zurück ins Sitzungszimmer, wo Dieter zufrieden an einem Brötchen kaute und aus seinem Plastikbecher Wasser schlürfte. Sie begann, ihre Sachen zusammen zu packen und Dieter folgte ihr Richtung Parkhaus. Doch Sandra hatte es sich anders überlegt. „Komm, wir gehen zu Fuß. Es ist ja nur ein paar Minuten bis dorthin. Falls es wieder schneit, bleibt der Wagen im Trockenen."

Dieter nickte und stieg mit ihr die Stufen bis zum Erdgeschoss hoch. Tatsächlich hatte wieder leichter Schneefall eingesetzt. Der Wind wirbelte die leichten Flocken in ihre Gesichter, und beide zogen ihren Schal hoch und legten die wenigen hundert Meter bis zum Restaurant schweigend zurück.

Das Restaurant hatte heute noch auf, würde nachher aber bis zum nächsten Wochenende schließen.

Sie traten in die gemütliche Wärme ein. Das Restaurant war zu drei Vierteln leer. Viele Schweizer zogen es vor, am Weihnachtstag zuhause oder bei Verwandten zu essen, oder sie waren bereits in die Berge verreist, um einige Tage Urlaub in Hotels oder Ferienwohnungen zu verbringen.

Sandra setzte sich an einen kleinen Tisch am Fenster, der nicht fürs Mittagessen gedeckt war. Sie bestellte zwei Früchtetees.

25. Dezember, 06:10 Uhr (US Eastern Time), Atlanta

> *C: step 1 successful. results in system as planned. information on next steps will be distributed.*
> *Follower R: ok*
> *Follower G: ok, thank god*
> *Follower B: ok*

Er war rundum zufrieden. Eigentlich war es nur ein großer Test gewesen. Die richtig interessanten Dinge würden noch kommen. Aber die Aktien einiger Großbanken hatten bis Handelsschluss um fast 15% nachgegeben, Koch um 8%, und der Schweizer Franken lag inzwischen unter einem Dollar. Die Devisengeschäfte konnte er Tag und Nacht tätigen, weil irgendwo auf der Welt immer Devisen gehandelt wurden. Wenn es ihm ums Geld ginge, hätte er alleine mit Devisengeschäften an einem Tag mehr als zehntausend Dollar machen können. Aber es ging um viel mehr.

Seine Follower in Deutschland und anderen europäischen Ländern würden diskrete Nachrichten über die Anfälligkeit von Banken und anderen Großkonzernen in verschiedene News-Portale schreiben. Die Redaktionen wichtiger Zeitungen und Zeitschriften würden sich zu interessieren beginnen. Was gab es an Weihnachten sonst schon für Neuigkeiten, worüber man berichten konnte? Es würde wohl einige Berichte am Fernsehen geben. Man würde genüsslich über Kompensationszahlungen von SWIFT an die Geschäftsbanken berichten.

Und dies war erst der Auftakt. Er hatte noch große Pläne. Es war ein gutes Gefühl, die Macht über die korrupten Systeme und über die Information greifbar zu haben. Er tat nie jemandem etwas Böses. Er spürte tief in sich, dass er und seine Mitarbeiter auf der richtigen Seite waren. Das Böse würde sich am Schluss selbst zerstören. Man musste nur am richtigen Ort ansetzen. Er faltete seine Hände und sprach ein kurzes Dankgebet. Der Geist, der ihn seit vielen Jahren leitete, wirkte stark und bestätigte ihm, dass er auf dem guten Weg war. Er war berufen, gegen das Böse in der Welt zu kämpfen. Und er würde diesen Weg bis zu seinem letzten Atemzug gehen.

Alles hatte funktioniert wie geplant. Auch der Mann bei Intersoft hatte gute Arbeit geleistet und war nicht aufgeflogen, da auch er mehrere Identitäten benutzte. Wer hätte gedacht, dass es derart leicht war, mit gefälschten Papieren eine Stelle in einem Weltkonzern zu kriegen.

Follower S würde wieder auf den richtigen Weg gebracht werden, falls er unstabil war. Er war sicher, dass Follower G sich darum kümmern würde. Alle diese Leute waren sorgfältig ausgesucht worden und hatten Jobs an den wichtigen Schaltstellen gefunden. Es würde nicht ganz einfach sein, solche Leute zu ersetzen. Aber wenn der Plan richtig war, konnte nichts und niemand sie aufhalten.

25. Dezember, 13:15 Uhr, Zürich Nord

Sandra und Dieter hatten noch lange über die Arbeit und über alle möglichen Themen diskutiert. Nun waren beide von den langen Stunden der letzten Tage ermüdet und Sandra fuhr Dieter wie am Vortag nach Hause. Sie verabschiedeten sich mit dem Versprechen, in Kontakt zu bleiben, auch wenn Dieter ab Neujahr wieder vermehrt in der City arbeiten würde.

25. Dezember, 23:30 Uhr, Opfikon

Dieter konnte nicht schlafen. Er hatte noch lange über das Gespräch mit Sandra nachgedacht. Sie war eine tolle Kollegin. Er fühlte sich nicht erotisch zu ihr hingezogen, dafür war sie für seinen Geschmack zu forsch und zu sehr Business-Frau und Bankerin.
Aber er mochte sie sehr, sie wirkte geduldig und verständnisvoll.

Oder spielte sie ein Spiel mit ihm? Wusste sie etwas aus seiner Personalakte? Hatte die Bank Erkundigungen über ihn gemacht? Man wusste nie, wo die überall rumschnüffelten.

Und waren die Leute in Heidelberg wirklich auf dem rechten Weg? Oder ging es auch ihnen nur um Macht und Ansehen? Der Leiter, welcher in Ungnade gefallen war, war eine starke Persönlichkeit mit einem ausgesprochenen Rednertalent. Dieter hatte ihm oft zugehört, aber nur wenig mit ihm persönlich zu tun gehabt.
Am frühen Abend hatte sein Freund aus Heidelberg nochmals angerufen. Dieter hatte dieselbe Distanz gespürt wie am Nachmittag. Ging es nun um ihre Freundschaft oder um die große Sache? War sein Freund nervös geworden? Stand er seinerseits unter Druck? Und wenn ja, wer übte diesen Druck aus? War er in einem totalitären System oder in einer Bewegung, wo nur die Liebe herrschte, wie sie es immer predigten? Er wusste, dass er seinem Freund und dessen Familie viel verdankte. Aber er konnte sein Leben nicht von anderen bestimmen lassen. Oft genug hatte er in Heidelberg eine verhängnisvolle Abhängigkeit von jungen Leuten erlebt, welche sozusagen ihr Denken ausschalteten und blindlings den Leitern der Bewegung folgten. Dies war auch das Schicksal jener 15-jährigen gewesen, welche sich ein bisschen zu intensiv hatte beraten und begleiten lassen. Man hatte darüber getuschelt, aber niemand wollte einen der Leiter anschwärzen oder die Dinge beim Namen nennen.
Dieter hatte sich schließlich mit Kopfschmerzen entschuldigt und seinem Freund eine gute Nacht gewünscht.

Gerne würde er weiter mit Sandra diskutieren. Dieter stand auf und goss sich ein Glas kalte Milch ein. Seit Heidelberg ernährte er sich vegetarisch, aß viele Früchte und süßte seine Speisen mit Honig oder Birnendicksaft anstatt mit Zucker. Er hatte sich entschlossen, auf dem gerechten Weg zu bleiben. Keine Gewalt. Keine Geldliebe. Keine Verstrickung mit der Welt. Er hatte sein ganzes Leben dem Guten gewidmet. Er wollte ein Wegbereiter sein für den Erlöser, der bald kommen würde. So hatte er es gelernt. „Siehe, ich komme bald." Das Wort aus der Offenbarung des Johannes stand wie ein heller Stern über seinem Leben. Die Zeichen der Zeit waren da, er konnte sie jeden Tag sehen.

Spät in der Nacht stand er nochmals auf und tippte einige Nachrichten in sein Smartphone. Dann zog er die SIM-Karte heraus und warf sie in den Abfall.

Nun entspannte er sich und fiel in einen tiefen und traumlosen Schlaf.

25. Dezember, 23:45 Uhr, Wallisellen

Auch Sandra war noch wach. Sie hatte am Nachmittag mit einer Freundin einen kleinen Ausflug in die Jura-Berge gemacht. Der Schneefall hatte im Laufe des Nachmittags bald aufgehört, aber noch war der Himmel von dichten Wolken bedeckt. Nun war sie müde, aber sie hatte sich am frühen Abend kurz hingelegt und dann ein wohltuendes Bad genommen.

Sie wollte noch mehr über diese Gruppierung in Heidelberg erfahren. Es handelte sich offenbar um einige Theologen, welche sowohl in der Landeskirche als auch in Freikirchen tätig waren oder gewesen waren. Sie hatten sich zu einer Bewegung namens „Wort, Haus und Leben" zusammengeschlossen. Sektenexperten warnten tendenziell vor dieser Bewegung, weil sie Schriften über die Wiederkunft des Messias herausgaben, welche äußerst kontrovers beurteilt wurden. Viele Mitglieder der Bewegung lebten in Wohngemeinschaften zusammen, welche ziemlich autoritär geführt wurden. Andererseits gab es Berichte über außergewöhnliche Heilungen und Leute, welche in kurzer Zeit ihre Alkohol- oder Drogensucht überwinden konnten. Sandra lud einige Dokumente von den Anführern dieser Bewegung und von kritischen Stimmen herunter und beschloss, dass es für heute genug sei.

Als sie im Bett lag, kam ihr in den Sinn, dass Roger mal eine Bemerkung über den Glauben seiner Schwiegereltern gemacht hatte. Vielleicht konnten diese eine sachliche Beurteilung dieser Bewegung machen. Mit diesem Gedanken war sie eingeschlafen.

26. Dezember – Stephanstag

26. Dezember, 08:40 Uhr, Wallisellen

Es war rasch hell geworden. Nach den trüben Tagen mit viel Schneefall leuchtete eine strahlende Sonne von einem fast schon kitschig blauen Himmel. Die verschneiten Hügel rund um Zürich luden zu einem Winterspaziergang oder zu einer Schlittenfahrt ein. Viele Kinder bestürmten bereits ihre Eltern, nach den langen Weihnachtstagen mit vielen Besuchen nun endlich einen Ausflug in die Berge zu machen.

Sandra war seit etwa einer halben Stunde wach. Zuerst hatte sie sich ein paar Mal im Bett gedreht, dann aber einen Kaffee gemacht und sich mit ihrem Notebook ins interne Netz der Bank verbunden und die Meldungen angeschaut. Alles schien wieder normal zu laufen. So wie die Sonne die trüben Wolken überwunden hatte, schienen die Probleme und Sorgen der vergangenen Tage wie weggewischt. Zur Sicherheit setzte sie eine Nachricht an Karl Müller ab und versprach ihm, bis am 28. Dezember einen Entwurf des Berichts über den Störfall zu liefern. Sie wusste, dass Müller in Kürze antworten würde. Er war zwar kein ausgesprochener Workaholic, aber die Bank und die Sicherheit der Systeme war über all die Jahre ein Teil seines Lebens geworden. Fredy Sonderegger würde demnächst in Pension gehen und Sandra hatte gute Aussichten, danach die Stellvertreterin von Müller zu werden.

Auch MELANI berichtete Positives. Zwar gab es noch einzelne Probleme bei Paribas und bei einer Bank in England, aber diese waren in keinem Verhältnis mehr zu den Netzwerkausfällen der vergangenen zwei Tage.

Sandra nahm die Dinge selten persönlich, aber sie freute sich für sich und ihre Kollegen, dass die langen Nachtschichten nun vorbei waren und sie nach den Feiertagen wieder ihre gewohnte Arbeit aufnehmen konnten.

Sie würde auch bald wieder einen Kontaktversuch mit Dieter machen. Der um fast zehn Jahre jüngere Kollege war ihr ein bisschen ans Herz gewachsen. Auch wenn er hochintelligent war und sein Leben selbst bestimmen konnte, so wirkte er doch manchmal wie ein verschrecktes Kind, das jemanden brauchte, der es in die Arme nahm und tröstete. Sie suchte keine Beziehung zu ihm, schätzte ihn aber als ernsthaften Menschen mitsamt seinen etwas kuriosen Ansichten.

Ihr Leben war bisher mehrheitlich sorgenfrei und ohne größere Brüche verlaufen. Aber als sie etwa 17 gewesen war, hatte ihre Mutter ernste psychische Störungen gehabt und musste mehrmals einige Wochen in einer Klinik verbringen. Die Auseinandersetzung mit diesem Leiden und die vielen Gespräche mit ihrer Mutter, Kollegen und einem Psychologen hatten sie gelehrt, die Menschen so zu nehmen, wie sie sind.

26. Dezember, 05:00 Uhr (US Eastern Time), Atlanta

C: step 1 completed. follower S changed side. will be excluded from our network. our goals remain the same. we will survive because we are on the right side. next step scheduled for 03-16. up to 10 followers will cooperate. please confirm by mid february.
Follower R: ok. good luck
Follower G: ok. may god be with you
Follower B: ok. we will be ready

*** End of Transmission – System Failure Step One ***

Glossar

BND	Bundesnachrichtendienst, Deutscher Nachrichtendienst
CERT	Computer Emergency Response Team, Notfallteam, welches sich mit schwerwiegenden Störungen oder Internet-Attacken bei den Servern und Netzwerken einer Firma, Organisation oder eines Staates befasst
CIO	Chief Information Officer, Leiter der Informatikdienste, in der Regel Mitglied der Geschäftsleitung einer Firma
Darknet	„Dunkles Netz", Teile des Internets, welche gleich funktionieren wie normale Webseiten, aber nicht über die Suchmaschinen zugänglich sind. Das Darknet wird auch, aber nicht nur, für kriminelle Aktivitäten genutzt.
DNS	Domain Name System, damit werden sprechende Namen wie z.B. wikipedia.org den IP-Adressen zugeordnet
DoS (DDoS)	(Distributed) Denial-of-Service Attack Die Web- oder Mail-Server einer Firma oder Organisation werden mit sinnlosen Anfragen aus dem Internet überflutet, was zu sehr starkem Netzwerkverkehr und Ausfällen der Internetpräsenz führen kann
Emulation, emulieren	Ein Betriebssystem oder Programm verhält sich wie ein Betriebssystem oder Programm eines anderen Herstellers und akzeptiert entsprechende Befehle
EOT	End of Transmission, Ende einer Datenübertragung
Firewall	Eine Firewall ist ein spezieller Computer im Netzwerk oder eine Software, welche unerwünschte Aktionen aus dem Netzwerk abblockt und alle Vorgänge protokolliert
Intersoft	fiktiver Softwarehersteller im Bereich (Server-)Betriebssysteme und Datenbanken

IP	Internet Protocol, Basis für allen Datenverkehr im Internet
IP-Adresse	(numerische) Adresse, über welche fast jedes Gerät im Internet kontaktiert werden kann
KB	Knowledge Base, eine Wissensdatenbank, wo große Softwarehersteller Informationen zu Problemen und Lösungen in verschiedenen Sprachen bereithalten
Koch	fiktiver Pharmakonzern mit Hauptsitz in Basel
Major Incident	Störung, welche über die normalen betrieblichen Abläufe hinausgeht und besondere Aufmerksamkeit braucht
Malware	Sammelbegriff für bösartige Schadsoftware wie Computerviren, Würmer, Trojaner und weitere
MELANI	Melde- und Analysestelle für Informationssicherheit, eine Organisation der Schweizerischen Bundesverwaltung, welche mit Energiebetreibern, Telekommunikations- und Transportunternehmen sowie systemkritischen Firmen Kontakt hat
MEZ	Mitteleuropäische Zeit, entspricht UTC + 1 Stunde
Micop	fiktiver Lebensmittel-Großverteiler mit vielen hundert Filialen in der ganzen Schweiz
NDB	Nachrichtendienst des Bundes, Schweizerischer Nachrichtendienst
OPC	Operation Center, Rechenzentrum
Phishing	Das Auskundschaften von Passwörtern, Kontonummern, Kreditkartennummern oder Pin-Codes mit gefälschten E-Mails oder nachgemachten Web-Seiten von Banken
Polymorph	eine Eigenschaft eines Computervirus oder Trojaners, sich selbst so zu verändern, dass es von Antivirenprogrammen nicht mehr entdeckt wird
Reboot	(Automatischer oder manueller) Neustart eines Computers, dadurch können bestimmte Systemänderungen aktiviert werden, welche im normalen Betrieb nicht möglich sind.

SBB	Schweizerische Bundesbahnen
Server	Ein leistungsfähiger Computer, welcher im Unterschied zu einem PC vor allem Aufgaben im Netzwerk übernimmt, zum Beispiel Datenbanken, Webseiten, Druckaufträge und viel Weiteres
SWIFT	Internationales Dienstleistungszentrum für die Verarbeitung und Weiterleitung von formatierten Nachrichten zwischen Geschäftsbanken
TCP	Transmission Control Protocol, eines der wichtigsten Basis-Protokolle des gesamten Internets
Trojaner	Ein Schadprogramm wird in ein (scheinbar) nützliches Programm verpackt und zum Download angeboten oder per E-Mail verschickt
UCS	Universal Credit System, fiktive Schweizer Großbank mit Hauptsitz in Zürich und Rechenzentren in Zürich-Nord (Nähe Flughafen Zürich)
UDP	User Datagram Protocol, ein vereinfachtes und schnelles Internet-Protokoll
UTC	Universal Time Coordinated, koordinierte Weltzeit, mitteleuropäische Zeit minus 1 Stunde
VBS	Eidgenössisches Departement für Verteidigung, Bevölkerungsschutz und Sport
Wurm, Würmer	In der Informatik-Fachsprache ein Computervirus, der sich selbst auf andere Computer kopiert und dort unmittelbar oder zeitlich versetzt wieder gestartet wird